INK

文學叢書
072

無傷時代

童偉格◎著

【目次】

〈序〉

「廢人」存有論

——讀童偉格的《無傷時代》

楊照

其實，我們還是可以察知童偉格與前行代曾經轟轟烈烈過的「鄉土文學」之間的關係，一種逆轉、顛倒了的系譜關係。

從《王考》到《無傷時代》，童偉格一貫選擇海濱的荒村作爲故事進行（或停滯）的背景，跳來跳去的敘述述説的也都是荒村裡成長（或拒絕成長）的小人物們。他的小説裡，使用大量鄉土形象，反覆召喚鄉土記憶與祭儀、信仰，而且他的小説裡，城市幾乎總是毫無例外，以陌生的、敵對的、飄浮混亂的性質出現。這些特色，無疑是傳襲來自「鄉土文學」的。

不只如此浮面、表層的相似而已，從《王考》到《無傷時代》，童偉格小説裡出現的人物，在性格上，也都和「鄉土文學」裡的典型角色高度親和。他們都活在自己建構、想像的世界裡。他們無能理解、更無法詮釋，生活小世界以外，快速翻攪變動中的外界社會。黃春明、王禎和筆下的人物，都努力、掙扎著，用自己有限的知識、與更有限的能力，去跟龐大的社會變化力量周旋。〈嫁妝一牛車〉或〈鑼〉的喜劇氣氛，來自於他們如此筆拙、自以爲是地企圖掌握自己的生活遭遇；而〈嫁粧一牛車〉或〈鑼〉的悲劇性，也來自於他們永遠對操縱命運的外界力量，無能爲力。

童偉格小說的角色，也是如此。然而在《王考》和《無傷時代》裡，藉由這樣無知無能而封閉在狹小荒村環境裡的人，童偉格卻寫出了完全異於王禎和與黃春明，既非喜劇亦無強烈悲劇的情境。

閱讀童偉格的小說，讓人一方面接近「鄉土文學」，一方面卻又快速遠離。最關鍵的差別，在於童偉格既不像王禎和那樣無情地嘲弄這些小人物，也不像黃春明那樣多情地爲這些小人物悲歎、義憤。悲歎與義憤，是「鄉土文學」最核心的價值，寫這些小人物的慌張、焦慮、茫然、抓瞎、像無頭蒼蠅般胡竄亂撞，爲了要控訴害他們如此適應不良的那個時代變遷巨輪，也爲了要喚起大家同情他們、幫助他們。王禎和常常寫一寫，過度著迷於這些鄉人無知舉措所製造的荒謬場景，忍不住跨越了悲歎與義憤的道德界線走到了戲謔作弄的那一邊，其實是「鄉土文學」的異數，也因而讓他的傑作，如〈小林在台北〉、《玫瑰玫瑰我愛妳》長期被忽略或被誤讀。

然而不管是黃春明或王禎和，以及二十多年前熱情投入「鄉土文學」書寫的眾多作家們他們看待「鄉土」的眼光，畢竟是有著認識論上的絕對距離的。不管要同情、或要嘲諷，都必須預設著一個立場：作者比他筆下的鄉土角色掌握更多的、不同的知識，所以作者才能回頭用同情或嘲諷的態度，看這些在小圈圈、小籠子或甚至小黏蠅紙上奮力手忙腳亂的角色。

像是人與捕蠅紙上被黏住的蒼蠅之間的關係。蒼蠅感受到自己的危險處境，卻感受不到危險處境的來龍去脈，更感受不到自己掙扎的徒勞。只有掌握了整個狀況的人，才能選擇或淚或笑的表情，來看待蒼蠅。

童偉格卻選擇和他筆下的這些人物，一起活在無知與無能的手忙腳亂裡。在只有一條柏油馬路，只有不斷脫班遲到的一班公車的海濱荒村裡，人們不只沒有辦法與現代社會一起發展演化，他們甚至沒有辦法分辨眞與假、生與死、貧與富、過去與現在等最基本的區別。他們的無知與無能，使得他們接受不到現代生活理性的感染，進而使得他們超越了眞與假、生與死、貧與富、過去與現在的界限。

他們的存在，一塌糊塗。他們被荒村鄉土的條件，隔絕在整理存在秩序所需的現代知識與現代概念之外。因而他們弔詭地取得了一種自由，活在一塌糊塗，超越眞假、生死、貧富、過去與現在界限的存在中的自由。

是了，童偉格最特殊的文學視野，就是把「鄉土文學」當中應該被同情、被嘲諷、被解救的封閉、荒謬的「鄉人存在」，逆轉改寫成了自由。在那個理性滲透不到的空間裡，人們大剌剌地，既無奈又驕傲地活在既眞又假、生死無別，完全可以無視於時間存在、無視於時間線性淌流的世界裡。

《無傷時代》書寫的，正就是荒村荒人無傷的自由。從現代理性角度看，小說裡的每一個角色，都過著虛無敗壞的生活，整本小說簡直就是對於種種敗壞（decay）的執迷探索。村子在敗壞、人在敗壞、記憶在敗壞。祖母的故事是敗壞的故事、大母親的故事是敗壞的故事，整個家族每一個人的故事，都環繞著同樣的敗壞主題。

乍看下，童偉格似乎是用那座海濱荒村當作絕對敗壞的象徵，然後恣意地實驗、嘗試書寫生命的種種敗壞可能。從物質的敗壞到肉體的敗壞到行爲的敗壞到記憶的敗壞到想像的敗壞，而貫串其間的，又是一種意義的敗壞，敗壞的高度傳染性甚至如癌細胞般自體反噬敗壞掉敗壞的意義。

如果敗壞全然不帶任何意義，那童偉格爲什麼要堆砌、開發那麼多敗壞的情節？讓整本小說成爲某種「敗壞的壯觀展示」呢？藏在背後的，我們懷疑，是作者的耽溺，還是作者扭曲的炫耀？是童偉格無法自拔於反覆書寫種種可能的敗壞、種種敗壞的可能；還是童偉格沾沾自喜地彷彿在說：「看，你們還有誰能夠想像，書寫這麼多敗壞情節呢？」

還好童偉格的書名，以及出現「無傷」的那一段話：「那一刻，他明白自己已經成功說服母親了——在她眼裡，他已經是個無傷無礙的廢人了。他已經被原諒了。」（頁二一一）提供了我們不一樣的線索。原來，童偉格透過小說建構的，是一種「廢人」的邏輯、一種「廢人」的倫理學。

就像駱以軍到目前爲止所有作品，都在摸索著一套「人渣倫理學」或「人渣存有論」一般，童偉格也以「廢人倫理學」、「廢人存有論」作爲統合小說敘述的根本策略。駱以軍的「人渣存有論」低調卻堅持地要說服讀者，一種永遠無法融入社會主流，只能遠遠欣羨嫉妒、詛咒社會主流，並且在每次與社會主流相遇時就倒楣帶衰的「人渣」，有他們自己的「人渣觀點」，而「人渣觀點」其實飽含著自創一個光怪陸離世界的巨大能量。相對地，童偉格的「廢人存有論」，用滾滾滔滔的「敗壞描寫」，鋪陳著一套價值——「廢人」是「無傷無礙」的，「廢人」不可能對這個世界有什麼傷害、什麼妨礙，因爲他們根本不活在這個世界裡。他們的「廢人」身分，是以在自我想像世界裡的自由決定的。「廢人」活在循環的敗壞裡，他們的敗壞甚至不帶一點頹廢（decadence），單純只是敗壞（decay），敗壞到底，連頹廢或虛無那樣文明的範疇都消失時，「廢人」就自由了，他們不再需要在意眞假、生死、時間、空間，那是一種空洞卻新鮮的自由，惟有透過「廢人」、穿越敗壞，我們才能看到、呼吸到的空洞卻新鮮的自由。

童偉格放棄了對於鄉土人物的關懷、同情如實地接受他們作爲與現實脫節的「廢人」存在、如實地接受「廢人」存在中一切荒謬無常，他打破了「鄉土文學」的核心人道立場，從這點上看，他無疑是「鄉土文學」的叛徒。然而背叛「鄉土文學」的人道溫情，走自己的「廢人」路線，童偉格讓作爲敘述者的自我也一併「廢人化」，彌合了「鄉土文學」中作者與角色的知識論落差，最終卻賦予了這些荒村鄉人們，一種史無前例的自由。他們的生老病死，他們漫長的等車與怪誕的雜貨店，於是超脫了可憐可鄙的地位，成爲獨立獨特的、自由的存在。從這個角度看那童偉格似乎又回到了「鄉土文學」的路子上，繞了路給與鄉土與鄉土人物，更高的尊嚴與尊重，他不再像其他鄉土作家般，希冀透過文學來幫鄉土爭取社會正義（social justice），他直截了當地，就在文學裡，只在文學裡，給了鄉土詩學正義（poetic justice）。

序章 入境

她吸了三十多年粉塵，左耳後冒出兩顆小小的腫瘤。她一個人背著背包——裡面裝著一件薄外套，和一把摺起的傘——出門，騎著腳踏車去到濱海小街，然後轉公車，抵達那幢大醫院。那是個如常的通勤之晨，公車車廂裡擠滿了人。在公車每一靠站、人群更流之時，她都會踉踉蹌蹌，嘗試著蹭移到一處自覺離人群最遠的角落。所有人都健朗，所有人都神色漠然，各張著一雙睏眼，各自可有可無地看向車窗外。

這樣很好，她想。她希望沒有人注意到她。

電話聲。列印聲。問答聲。輾輪聲。她站在醫院一樓的大廳裡，像站在一處繁華的鬧市口。

「讓我想一想。」站在一長排掛號櫃檯前她長考著。

她要憶起昨晚獨自計畫好的事。她計畫一次掛好三科門診：第一診，皮膚科；因為她發現自己耳後的腫瘤移動了位置，並且似乎變大了。「長在淋巴腺這個位置，很麻煩的。」昨晚她照著鏡子，對自己這樣說明。第二診，耳鼻喉科；因為皮膚科醫生大概會直接將她轉到外科去動刀，到時，她一定要記得纏住醫生，央求醫生看仔細點。萬不得已一定要轉，她可以請醫生幫她安排別天，自己先去耳鼻喉科看。第三診，一般內科；因為耳鼻喉科可能還是診不下來，她會繼續央求醫生，如果還是要轉外科，她會說她早已經轉了，然後趕去一般內科報到。

總之，她構思著：千萬別一下給人推去動刀，那是最後的處置。

一直以來，她是這樣相信的。

她掛好號，擠出電梯，置身在醫院三樓的長廊裡。

粉藍色的工字形長廊上，一落落擺著粉紅色的塑膠椅。牆上掛著好幾架電視，每半小時流跑一次的新聞畫面無聲演著。她寸量著，挑選了兩個既靠近皮膚科、又遠離人群的座椅，把背包放在一個座椅上，自己坐在另一個座椅上等待。將近九點，長廊上每扇門都走出一名護士，護士掛出門後各醫生的名牌。門一開一闔，送病歷的手推車滾過蠟亮的地板，彷彿一病一痛都能那樣準確瀝乾。

她一抬眼，就看見她。她看見一名老婦人，身掛著、手提著好幾口塑膠袋，滴滴漏漏在長廊上滑行。老婦人望見一個人手上晃著掛號單，貼過去指引說：「你看哪科？這個單子要投進門上那個信箱，醫生才知道你來了。」那人道了謝，但老婦人抓住那人的手不放，涕淚交釀對他說起一個極其複雜的故事。老婦人說她照顧一個不言不語不走不動的誰照顧到那個誰終於死了，每天每天都好辛苦啊。「怎麼辛苦的我告訴你。」老婦人紛紛錯錯一下舉了十幾個例子，每一個都被那人好意的笑臉打發了。

漸漸地，那人笑臉僵結、耐心將盡。看見的人都知道。老婦人自己也知道。

老婦人一下甩開那人的手，笑著說所以說我告訴你要幫這種人洗澡的話還是要用那種不鏽鋼的大洗澡盆最好用了我告訴你。

那人也陪笑著，與老婦人保持融洽地各自分開。

老婦人繼續滑動，繼續尋覓著人們手上晃動的掛號單。「你看哪科……」老婦人貼上另一個手足失措的人說。

人聲漸漸滿溢長廊。在她右前方，骨科門口，一個老人坐在輪椅上，裹著石膏的左腿平舉著。他不時對站在輪椅後面的年輕人高喊：「推進去。」

「還沒輪到你啦。」年輕人解釋著。

老人顯然重聽，不管年輕人說什麼，老人的頭總向後一仰，左腿一抬，「啊？」這樣對年輕人喊。年輕人漸漸不解釋了，但老人猶不時嚷著：「推進去。」片刻後，「啊？」老人獨自仰頭抬著腿，哀哀地自說自問。

在她左後方，一位懷抱嬰兒的母親，和兩個母親似乎是十分鐘前初識的婦人，三人合夥用各種恐怖的話語，呵罵一個小女孩，制止她任意奔跑。她聽著，苦笑了。她想著，這位母親如果意識到「人類」是一種多麼奇特的生物——一個人幼時一點點走岔的事景，都可能成爲他之後六七十年咀嚼不爛的養料，她恐怕會嚇得不知道怎麼跟自己的小孩相處。但這位母親不知道，所以在離家庭醫學科不遠的地方，她緊抱一個病中的發紅的嬰兒，聽任兩個好意的陌生人幫她一起出嘴，代她照管那另一個全然健康的孩子。

這個健康的女孩，在長大以後，還會不時想起這一天吧？她想著。在一切事景淡然削弱後，長大後的女孩，會獨自哀傷地記起這一切。她會記得，在那天，她的母親，她的鎮日忙碌的母親，終於細細包好那個小嬰兒，她的妹妹，像捆一個郵寄的包裹，牽著她，投進大醫院。在長廊裡，站在那扇彷彿是爲妹妹專設的投寄門外，她的母親緊摟著妹妹不放，笑著，配合著兩個胖胖的、身上有怪味的陌生婦人，無邊無際地指責她。

「母親，」長大後的女孩會想：「什麼情況下都不會變喔，妳就是這樣一個總是急於討好別人的傢伙罷了。」在回憶中，她說不定會認定自己是從那天起，開始理解了母親、開始懂得了這個世界。

空氣中有一種清潔劑的味道，在密閉的長廊裡無以揮發，慢慢循環。她，如今猶是一個小女孩的她，頑強地忍著淚，刻意恣意跑動，但怎樣都不像了——無論如何，都不可能像原先初蹈一個陌生地方那樣有趣而別無旁顧了。

她苦笑著，靜靜看著。就坐在這裡，她彷彿就能透過女孩的雙眼，去檢視這一切。停下腳步的女孩會看見，在一道密閉長廊裡，在自己正前方很遠的地方，一個老人坐在輪椅上，一個年輕人站在輪椅後，歪歪垮垮背對著老人；老人不時怪異地仰頭抬腿，聽不清楚嘴裡喊著什麼。在她左前方，一個更怪異的、頭髮枯白蜷亂的老人——那就是此刻的她了——背對著她，呆坐著如一尊雕像。在她右後方，還有一個老婦人那樣潦草凌亂地嚷著什麼「不鏽鋼」、「洗澡盆」、「肉沒辦法一直爛下去」、「半隻腳黏在床墊上拔不起來」……。

那多麼怪誕，像是在她初識世界的那天，世界已經蒼老、已在待死了一般。

總是這樣的，頭髮枯白的她想著。她出現在一些畸零的場面裡，她不由自主地成爲他人記憶裡的一片殘影。他們看見她，在多年以後，用她來說明另一些完整的道理。他們並不需要、也無法事先經過她的同意。

他們甚至不會告訴她，透過她，他們究竟多懂得了什麼。

然而，那也許，早就都不重要了，她拉拉左耳，想著。

她終於疲憊地全身退出醫院。她騎著腳踏車回家。她看見她的兒子趴在書桌上熟睡了。在他身邊，環伺著一堆又一堆的廢紙、書籍。在書桌一角，靜靜站著一尊貓的骨灰罈。

她站在他身後，看了他一會。

兒子也已經年過三十了；他回來三年了，似乎還沒有離開、去外面像一個正常人那樣活著的打算。她不知道他這樣日日坐著不動，能追回什麼。

無論那是什麼，那大約也已經不要緊了。

她走出兒子的房間，穿上雨鞋，去屋後洗衣服。

她慢慢洗著，刻意讓天色在她眼前暗下。

她想著通勤之晨，那台擠滿人的公車。她想起多年以前，在雜貨店前的那枝站牌下，兒子每天搭清晨五點四十五分發的公車，去港區讀國中；穿回來的襪子，沒有一天是乾的。

有一天，天都黑了他還不回來。她撐著傘，去雜貨店前等他。她想他或許是昏頭昏腦在車上睡著了；或者睡到總站去了；或者下錯站了；或者怎麼了。她想個不停。

總算，公車來了，他下車了。她看見他怒氣滔滔走下車。他說他等不到車。他大罵公車司機都是混蛋，永遠打混，不肯準時開車。她看看他，想輕鬆說一句什麼話，但找不到話。

她問：「你就不會先打個電話回家嗎？」

他更生氣了，一聲不吭扭頭就走回家。她只好跟著他。好好的房間門，他不用手，舉腳一踹就把門踹開了。門上印了一個濕濕的鞋印子，她看著，心裡氣極了，但也實在不知道該說他什麼。不知道該跟他說什麼。

時間過盡，如今，只剩下一件事了。等天完全暗了，等他完全清醒過來，等一切無可延宕的時候，她就必須對他說明這件事了。

然而，她發現，她其實早已無法對任何人，說明任何事情了。

第一章

新生活

巷口的便利商店，總有一位頭髮長長的大姊在看店。江發覺自己「愛」上她了。江總思量著，該如何開口和她說話。

從十六歲到十七歲，江反覆在心底籌備這件事。

那一年間，江所寄居的斗室，容納進了它能從房外世界獲取的所有東西——兩架組合式書櫥，一尊附電湯匙的鋁水壺，床板下藏著一個塑膠臉盆，裡面裝著盥洗用具，以及緊貼著房門的一架組合式衣櫥。江憑此，開始了他既不闊綽、也不困窘，於是大約可稱作完全正常的大城寄讀生涯。

自然，在那段時期，江也有了幾位朋友。

在那個夏夜，江聽著他們走回宿舍的長廊裡。

首先回來的這個人叫「高手」，他半身趴在長廊的舊木桌上，正在講電話。宿舍裡的電話是只可接聽、無法打出的，但高手不知從哪裡弄來一架附話筒的撥話機；每天晚上，他就把撥話機安在電話線尾端，撥電話出去，神態閒散、沒話搭話地跟人抬槓。另一隻手，他用力扯著一只手錶。他眼睛餘光始終不離錶面，冷靜盯看時間。時間一到，他就掛上電話，絕不多出一聲。他這樣打電話打了三年，電話費一次也沒超過基本費，所以房東始終沒發現。

長廊裡又出現一個人，他走過高手身後，哼起電視影集《虎膽妙算》配樂，干擾高手精密對時。高手後腳跟一抬，馬一般踹向他老二，他趕緊抽出腋下夾著的一份報紙橫擋，躲過去了。他叫「大閘蟹」，是一個總是瞇瞇色笑、色色地嘴角吐泡的傢伙。他的興趣是看報紙。看完報紙，他會操一把剪刀，把清涼美女沿輪廓剪下來，房間裡密密麻麻到處貼。那使得他房間滿牆笑著的人影，像是藍鬍子的儲藏室。

有人去敲大閘蟹的門。門打開，「熊」走了進來。熊是個胖墩墩、溫吞吞到幾乎毫無其他特徵可以描摹的人。熊胖胖的手覆在門把上，另一手遞出一把剪刀，對大閘蟹說：「剪刀還你。」然後灰影一般悶悶地帶上門，悶悶地走了。通常只有在這時，朋友們才會像大閘蟹那樣驚訝地發現——靠，熊這傢伙原來三小時前就已經很火大我了。

江聽著他們，一邊在心底籌備那件事。

江想，如果他是高手，他會直接走進便利商店，走到大姊面前，自信十足地對她說：「大姊，我很會算數學喔。然後我想請妳看電影。」如果他是大閘蟹，他會一邊吐著泡泡，一邊告訴大姊一則關於小白兔去西藥房買紅蘿蔔的笑話。如果他是熊，他不會說話。他會用胖墩溫厚的手，交給大姊一封情書。情書將寫得毫無特徵，於是將能感動世上所有人。

但他是江。他不知道自己該怎麼做。

很久以前江就明白了。他明白自己像是一株蕨類植物，只會用淺淺的根，貼住堅硬的地表，把最新生的芽，牢牢藏在最內裡的地方，然後自己推擠自己，糾結蜷曲成一團蒼老的大圓球。他很彆扭，他有毛病，然而，他無法爲此難過。因爲他亦深知，對像他這樣一株蕨類植物而言，那些在寂然的黑夜裡，從自己孔隙源源冒出的，不會是眼淚那般單純的東西。不，或許，在某種意義上，那其實變得比眼淚更單純而無感，就像露珠一樣。生出露珠，那不過是存活過程的一部分罷了。

誰會想跟一株蕨類植物，一同坐在黑暗的電影院裡看電影？他懷疑。

或許，那需要的只是時間；十六七歲的他這樣安慰自己——如果一切都是時間的問題，他滿樂意順著時間，將自己理好，讓自己長成一個與現時的自己不一樣的人。無論代價是什麼。

他找出一口大塑膠袋。他將塑膠袋藏在衣櫃底，每次進出門，他都習慣性地摸摸口袋，找一塊錢銅板餵養它。

他想，等塑膠袋裝滿後，他就要去便利商店買東西。

他會去買很多東西，然後，他就用這一大袋銅板付賬。

大姊必須一塊一塊數錢對吧？一塊一塊數錢，勢必要花上一段很長的時間對吧？大姊數錢的時間，就是他開口，跟大姊說話的時間。

就這麼辦。他開始存銅板，他想，也許半年，也許兩年，塑膠袋就會滿了。那時，他想必也已經變成一個不一樣的人了吧。

積累銅板的方法，是江小時候，祖母教他的。

在那個夏天裡的最後一日，江重新記得了這件事。

最後回想起來，那個夏天，是江與母親處得最好的一段時光了。那時，母親沒有了固定的工作，江則剛考完高中聯考，準備離開山村、前往大城寄讀。或許，在內心底，他們互相對彼此感到歉然，日子於是也能平靜地暫度了。

在父親留下的屋子裡，有一個早晨，江與母親對坐吃飯。母親想起了什麼，突然丟下碗筷，跑到屋外，騎腳踏車走了。午後，她回來了，突然又顯得很平靜了。她把幾桶白色油漆拋在客廳地上，默默無語，回到飯桌前，繼續一口一口扒著未吃完的早飯。

江看著，撿起油漆桶，花了好幾天，自動將屋牆重髹過一回。

有一個深夜，母親跑到江的書桌邊，問江：「你會不會殺蛇？」

「殺什麼？」

「蛇。我們浴缸裡有一條蛇。」

江跟著母親，到浴室瞧。浴缸裡果眞窩著一條龜殼花——牠跟著鼠與蛙的蹤跡，在日落後從牆洞鑽進屋裡，挑選了浴缸作巢。

「讓我想想看喔，」江以過往所有人生經驗思索良久，他對母親說：「我想，我們可以突然打開熱水，燙死牠——據我所知，蛇是變溫動物。」

母親聽了，不發一語，踱出浴室。片刻，她回來，交給江一把生鏽的火鉗。

「你用這個，夾牠頭。」母親邊說邊張張火鉗，示範把蛇頭夾扁的動作。

江看著母親，默默接過火鉗。

在母親的全程觀禮下，江有生以來，第一次謀殺掉一條蛇。

江舉著火鉗，另手推開門，走到田邊，尋一道溝渠棄屍。凌晨三點，遠方大馬路上的路燈全滅了；並不如何黑暗的天空底，最末一批出土的蟬，在稀稀落落地唱著。江回頭，看見山村各家各戶，散立在小徑彎過的各個角落。十數年競賽似地翻修、重建後，變了一個樣的山村，又跌進了睡眠裡；彷彿再多各自的傷逝與歡鬧，它們都也已經承當過了，那樣地一派酣寥。

其中，在那間江如今看來，潔白得怪異的水泥舊平房底，江那初老的母親，正一個人待在裡面，一個人慢慢爬上床板，設法讓自己在天全亮前，安穩睡上幾小時。

江棄了屍，回去那裡。

如此，那個夏天，就又過了一日。

離開山村前一天，母親要江去探望祖母。江看看母親，決定不將這件事太往深處想。他踩著拖鞋，出門，去執行這項任務。

走過圍籬、走上庭埕，江看見一幢樓房，那是叔叔的家。那裡，住著癱倒了四年的祖母。傍晚，水泥地靜靜散著熱。江想不起自己上次來看祖母，是在什麼時候了；就連站在這裡，讓熱氣蒸著腳背，都彷彿是十分遙遠的事了。

江按門鈴。山坳裡，整屋子一下被揪響了，但沒有人出來應門。

良久，叔叔扛著鋤頭，光著腳，從屋邊繞了出來。

江看著偌黑偌壯的叔叔，在階前的水龍頭邊放了鋤頭，洗了腳，擦了手。到處張望找拖鞋，找到拖鞋，光腳走去穿拖鞋。又走回水龍頭邊洗了腳和拖鞋。又擦了手。又看了看，索性連鋤頭也一發洗乾淨了。又放好鋤頭；從褲頭邊捏出一串鑰匙，打開兩道鐵門，脫了拖鞋、放在門邊，找出兩雙室內拖鞋，領著江走進屋裡。

在一間房裡，祖母仰躺在一張床上，半張著眼瞼。

房裡糅合了清潔劑和西藥的氣味，讓空氣顯得十分陰涼。

江與叔叔站在床邊，一起盯著祖母瞧。

「她睡著了。」叔叔說。

「喔。」江說。

沉默。

「這樣躺著四年了。」叔叔說。

「嗯。」江說。

沉默。

叔叔突然彎下腰，一手從頭後托起祖母的頭，一手重重拍打祖母的臉。

「怎麼了？」江問。

「我把她叫起來。」叔叔說。

「不用不用……」江說。

但祖母被叔叔拍醒了。祖母慢慢張全了眼，看見叔叔，像個慈祥的老太太那樣笑了。

江楞了楞。「她在笑。」江說。

「常常都是這樣的——一看到人影就笑。」

「喔。」江說。

一刻鐘後，江跟著叔叔走出房間。江看著叔叔如吸塵器般，將房子裡沿途望見的東西——杯子、牆上的畫框、夾在茶几玻璃墊下的名片——都順手拿起，拍拍打打，再端端正正地擺回原位。又一刻鐘後，他們走出大門，叔叔對江說：「有空多來看你奶奶。」一邊背過江，忙忙碌碌鎖上第二道鐵門。

「好。」江說。

在庭埕上，江看見叔叔又走回水龍頭邊，又洗了拖鞋，又光著腳將濕淋淋的拖鞋擺回大門邊，又踩著濕濕的腳印重回水龍頭邊，又拿起鋤頭，又放下了鋤頭，又去階邊找一雙雨鞋。

江遠望，看山坳裡，叔叔那方墩墩的樓房，與附搭在樓房邊的鐵皮工寮，一起沉進山的陰影裡。江明白，他們都是這樣的——以一生，一磚一瓦自鑄一處居所，然後敬謹地守衛它，把它當成此生已成的證明，某種紀念碑。他們甚至不敢去使用那居所裡的廚房。他們會把建造那居所時所暫蓋的鐵皮工寮留下，搭留在建成的居所外，日日在工寮裡煎煮；雨天時，他們甚至願意打起傘、跑著，將一道道食物送進居所裡。

那是他們對生活的耐性。在這方面，江的叔叔尤其是位專家。看他將生活磨砥得如此有序：他的房子總像是昨天才剛建好；他的小孩全被派到外地當學徒，回來時全都自動長大了；他的結婚多年的妻，總自願留在工廠裡加班；多年前生他的母親，一張開眼睛，就像看見陌生人那樣對他笑。

然而，臥病四年的祖母，氣色幾乎不見憔悴，江打心底欽佩著叔叔。

叔叔始終無法順利地穿好雨鞋、扛起鋤頭，離開水龍頭邊。

江再一次思索祖母那無所記憶、無可藏隱的笑容。她的床榻，靜謐得彷彿溶解了時間。在她的床榻外，她的兒子縮成一個小小的人影，埋著頭，反覆清洗自己熟得不能再熟的一切人事物。他沒有妄想，他知道生活是什麼。

庭埕上翻起了涼風；秋天是在天將黑前，一點一點到來的。

江走回家，發現自己的母親，站在家門口等著自己。

「看見了？」母親問。

「看見了。」江說。

「怎麼樣？」

「奶奶在笑。」

「你叔叔有沒有……」

「沒說什麼。」江避過母親，躲回書桌前。

江再一次思索祖母的笑容。在江的記憶中，祖母同祖父一樣，都並不是慈藹而易於親近的人。不，比較起來，祖母其實更令江畏懼：祖父易怒，一發完脾氣，人就總變得和善許多；祖母卻不定時總是一派清整的，不光火、不假辭色。然而，今天，祖母笑了。江覺得不解的是，在度過了那麼長久的歲月、在記得的終究全都淡忘後，祖母張眼，面對眼前那終於變得陌生極了的一切，終於露出了那樣安好的笑容。

彷彿生命裡，原就不該存在著啓示、不該存在著寄望似的。

那是江最後一次去探望祖母。

六歲那年夏天，江死了祖父，山村有了柏油馬路。結果，一生抑鬱、自認從不順遂的江的祖父，出殯時的陣仗，倒是一路順暢地沿著柏油路，寸步不停，直殺下海濱的墳埔地。據說那天，陽光將新路曬得遠近發眩。當微風繞著樹廓打轉，當草鞋踏在晶亮的柏油渣上，當那些積停在暗處甚久的木板與麻繩，都細細密密反出潮來時，每位幫抬幫舉的村人，都不由得從心底生出一種幸福的感動。

一生中，除了賣命謀生、盡力積蓄，從沒幹過別事的祖父，就因爲這史上頭一遭的經歷，被眾人給記得了——人們只要一出村口，一張見那惟一一條大馬路，就會自然而然想起他。

就像他整個人，一直還趴在路中央一樣。

夏天過了，江將滿七歲，該上小學了。每個上學日，當站在馬路邊等公車時，江總覺得自己像是正在掃墓。

並且，當時，祖父的未亡人——江的祖母——總專程來陪江上學。

每個上學日，吃完早飯後，江會去廚房將水壺打滿，斜背起，再將厚重的書包——裡面裝著教科書、跟學校圖書室借閱的認字書，以及一大落江從祖厝搜括來的殘本紙頭——掛在兩肩上，用背頂著，像個小老頭一樣慢慢踱出家門。在庭埕上，他會看見祖母披了件寬風衣，站在大榕樹下等他。

蜜棗、話梅、無花果，祖母嘴裡正嚼著什麼，就從風衣左口袋掏出把什麼，塞進江嘴裡。江於是也嚼著那些總帶有她房間氣味的小零食，由她領著，由一條名叫「黑嘴」的土狗跟著他們，走過清晨的山風，走到大馬路邊等公車。

站牌底，總在山村孩子們都聚來後，祖母會從風衣右口袋，拿出一個繡花荷包，從荷包裡沉沉揀起一元、五元，零碎的幾枚銅板，亮一亮，慢慢遞給江，囑江收妥。

在同伴身邊，祖母的舉動總讓江覺得尷尬，但江無法反對這齣在每個上學日都要上演的戲碼，只是低著頭，收下銅板，藏進褲袋裡。

江搭上公車，隔著車窗回望祖母。他嘴裡仍有她的氣味，褲袋裡仍藏著她的施與。他知道，同伴們都還仍盯著他們瞧——一條一身泥巴的髒狗、一個鬼影般的老太婆，與一個像他這樣一身累贅、臉色蒼白的怪小孩；每個上學日，在光天化日底下，他們對彼此沒完沒了的告別。

那像是一則過於拘謹的笑話，每個重複經歷的人，都終於會在心底偷偷竊笑了。包括多年以後，在記憶中回想起這一切的江。

最後回想起來，最後回想起來。江明白，也許，那些早晨，祖母只是在藉那些翻揀的手勢、藉眾人凝望的目光，重新跟江確認她與他的關係；江明白，祖母只是想對他提出一個要求——祖母在默默地對江說：「你要記得我。」

江明白，會有一些時候，人們就只能用此種柔曲又強韌的方式，施與、汲取，活在彼此的見證中了。

當然，那是後來的事了。

在那之前，江的祖母，漸漸分成了兩個人：一個，是午前的她；另一個，是午後的她。午前的她，健朗如昔，每個上學日，她仍會到原處等著江。只是，一過中午，她就消失了。當她消失後，午後的、另一個綿軟而渙散的祖母，就會在那同一個身體裡轉醒。她會重新踏出祖厝，就兩條竹杖滑行，滑來江的父親在田地上建起的新屋。她在新屋門口泊了竹杖，像泊了馬。她喃喃輕咒馬兒，拐著步，坐到餐桌前、坐到浴缸裡，坐進江的父親爲她準備的一間房。

他們在餐桌安飯碗、往浴缸添熱水，爲那間房四時替換被褥，就像祖母並不在場一樣。他們都瞭解——中午過後，祖母的心神總在遙遠的他方；她只以一絲氣息，等待夕陽的召喚。

夕陽於祖母如嚮導，吸引她不分晴雨，攜竹馬四野奔亡。吸引她去揮散力氣，以便早點讓出身軀。以便，當另一日開始時，當那架身軀再次張開眼，午前的那位原來的祖母，就能再回來。

那該是一段無可對言的艱辛歷程：午前的她，那樣神智清楚，卻只能睜眼看著自己的影子慢慢縮回自己腳邊，再慢慢拉長；在某個並不特定的剎那，她就地消失。午後的她，那樣無知無覺，卻似乎總明白自己不該存在的；她於是專誠地等待著夕陽，等待日日去夕陽下，處死自己。

最後，午後的祖母終究是失敗了——她沒有死成，她就地癱倒，滑過黑夜、滑過黎明，占住所有的時間。

於是，午前的江的祖母，從此就再也沒有回來過了。

當然，那也已經是後來的事了。

在那之前。

在祖母徹底癱倒之前，江記得自己，曾經嘗試著與祖母說了好多的話。

那一定是在午後。江從小學放學，回去新家，拋書包、趕黑嘴，將褲袋的銅板全倒進一個餅乾盒裡，滿屋子尋找祖母。他去她會蹲著、坐著的地方，領出她，擺設好她。從電鍋裡拿出母親準備好的便當，與她一起吃午飯。

「奶奶，這是一個時鐘。」江拿出美勞作業，給祖母瞧。

「奶奶，這個叫鍬形蟲。」江拿出從學校借出的圖畫書，與祖母分讀。

「奶奶，每天重新想起一個人的死亡，是什麼感覺？」

便當浸在水槽裡。祖母浸在廳堂的光影裡。黑嘴靜靜趴在新門口。整山村都在睡夢中，只等待工廠的救火鈴再發響。

「奶奶，我有一根鞭炮。」江拿出一根過年時存起的水鴛鴦，在祖母面前晃晃，江說奶奶我點鞭炮給妳玩。江擦亮一根火柴，照著祖母；江說奶奶我真點了喔。江不動，看火柴熄滅。江再擦亮一根火柴，照著祖母。江再擦亮一根火柴。江不小心眞點著了。江呆楞著，看水鴛鴦瞬間炸放手掌。江張著手，感覺耳鼓嗚嗚作響，焚風絲絲竄上手紋。

江看看祖母，祖母仍自喃喃自語，一動不動盯著江。

黑嘴又夾著尾巴踱回門口。

江與祖母石化般彼此對視，長達一小時。

一小時後，江自去打一盆水，坐到祖母身邊。江把盆子擺在腿上，把被炸放的手泡在水裡。江與祖母呆坐著，各自望著新髹廳牆的某一點，慢慢等待。傍晚，救火鈴又響起，江的母親下了工，回來了。母親將江送出山村就醫。母親那樣任祖母起身滑走，走去待在任何她會在的地方，只把江一個人送往醫院去。

江又從醫院回來了。江手上纏著綳帶，繼續在那空無一人的新屋裡，尋找午後的祖母。「奶奶，妳看，我又回來了。」江通知她。江又坐回她身邊；江說奶奶奇怪妳看我怎麼像有九條命似的。

「奶奶，妳寂寞嗎？」江問祖母。

祖母仍舊沒有回答江。

江不斷對祖母說話，只是之前此後，祖母始終沒有回答過他。

然後，江也終於無話可說了。

江學會了保持沉默。

江將滿十三歲，成了一個沉默的國中生。江將滿十六歲，成了一個異常沉默的高中生。那些藏在心底的話，時間一久，全都變得不重要了。

在那個夏天的末尾，清早，江穿著新制服、背起新書包，站在大馬路邊等第一班公車，準備前往大城，參加高中的開學典禮。

「回去吧。」江對陪他等車的母親說。

「再等一下。」母親回答。

江轉頭看看四周，那些熟悉的景物。已經遲了，江知道。江知道自己必須習慣那每隔一段時間就全面換過的他的同學、他的朋友。江知道他必須不斷在一個全新的環境裡，努力撿拾那些日常的語彙，以便向那些陌生人，平靜地說明自己，平靜地——像一個正常人那樣——與他們交換身世、積累情誼。這些，江都並不在意。江覺得遺憾的是，在新學校的第一個上學日裡，在他明明已經提前那麼久就站在這邊等公車時，他依舊注定只能是一名遲到的學生——一名最像新生的新生。

夏天過盡了。那些住得比他離大城更遠更遠的同學們，也許都已利用那個暑假，將大城混得極熟極熟了，而離大城不遠不近的他，此時才剛要出發。

然而，江說服自己不必害怕。背著一個空空的書包，江甚至覺得自己什麼都不需要了——如果真的還要從山村取走什麼，江想從野地上，摘下一顆只要幾個晴好的日子，就能自生自長的土芭樂。

江要用完好的牙齒，連皮帶籽將這顆苦澀的果子咬個粉碎。只要這樣，只要這點食糧能讓他連爬帶滾，支撐他進到大城裡。只要那片參加開學典禮的行伍間，有他可以站立的方寸之地，他相信，他就可以好好站著、好好活下去。

只要這樣就夠了。只要這樣就夠了。

也許有人會不解地看著他；也許有人想知道他究竟是從哪裡跑來的；也許有人會要求他說說關於自己的事。那時，江會保持微笑。江會說，他記得一個藏山裡的小村子，他記得那裡始終只有一條大馬路。他記得，在每個星期天早晨，他看著他們各自穿戴整齊，走上馬路，在站牌底，等公車前往濱海小街。

公車從清晨五點四十五分由山向海發出後，開始依序脫班，但他們不在意。他們等待八至十點間總會來的那班車，慢慢開始他們所餘無多的假日：他們要去購物、去理髮、去看病，或者只是要在海邊閒閒走兩圈；無論他們將做什麼，他們都那樣一起站在馬路邊，等待公車撞來，奔過他們，開進山裡溜個彎，再出來載他們。

他們連去搶銀行都等坐那班車。

那是江的遠鄰，一對中年夫妻。長期失業的他們，選一個平常的上工日，各自換上最好的衣物——丈夫穿西裝，遲疑一會，還是打妥領帶；妻子穿套裝，領口別一枚亮晶晶的別針。然後，妻子皮包裝一把菜刀，丈夫皮帶插一隻水果刀，上午八點整，他們準時站在站牌下等待。他們在午前抵達海港。客運總站設在港區濱海大街上，他們下車，看見海潮拍著馬路護欄；山崗環抱的海港內，馬達小艇撥水駛遠。海鳶在未散的晨霧裡滑翔。大街旁的各式店面，那時才接續拉開鐵門。騎樓底水光一片。一陣微弱的海風，靜靜削走陽光的熱度。

他們抬頭遠望，發現太陽倚在山崗頂。

丈夫看看手錶，「去看海？」他說。

「好，走。」她說。

他們決定爬上山崗；他們知道崗頂有處涼亭，可以俯見整個港區。街巷沿崗迂迴，樓房參差、互相倚靠，上一幢的一樓庭院緊鄰下一幢的二樓陽台。陽光鋪道。他們行過一崗陌生人家；那些反光的門窗；那些搭曬的被單。他們登上山崗，走進涼亭裡。他們發現太陽又不見了。太陽如今懶懶融在崗下，在他們剛剛離去的地方。剛剛離去的那片清冷海邊。

他坐下，摸摸口袋，鬆鬆領帶。

「想抽菸？」她問他。

他對她苦笑。

他們坐著，各自看海，直到涼亭礎潤，崗上開始飄雨。

丈夫再看看手錶：「時間差不多了，走吧？」

「好，走。」

他們一起走下崗，走回沿海街區，一間小小的銀行門口。他們一起進了銀行。他們各自亮出刀。他們望見錢。他們是那樣生疏的一對罪犯，他們甚至不知道——所有劫掠都應該預先規畫逃逸路線，你不能指望一班勢必不會準時的公車。於是，他們手牽手一起進了銀行，就像手牽手一起走進監牢。

江會說，那是就他所知，山村人所犯過最大的罪愆了。

就他所知，事情就是這個樣子。

「但，那究竟是什麼意思呢？」或許有人會問。

「聽不懂。」或許有人會說。

江會說，山村始終就只有一條大馬路。他想起，曾經有一整年，山村裡的杜鵑樹一片葉子都不長。他們經過工廠門口的大馬路，他們看見大路兩側栽種的杜鵑，每枝每株，都盤滿了斑馬蟲。在晚上，很靜很靜的時候，他們聽見小小沙沙的搓摩聲。他們知道，那是一路的斑馬蟲，在吃淨樹葉後，開始嚙咬彼此、吸食彼此的體液了。

後來，又有整整一年，他們不知道雜貨店的老闆其實已經死了。

雜貨店是一幢孤立在大馬路旁的樓房。雜貨店老闆，則是一位獨居的老先生。老先生總將全部積蓄捆成捲捲千元大鈔，搋在霹靂腰包裡帶著。並且，一入夜他就會立即拉下鐵門，躲在樓裡不知哪處。買東西的人，總得狠力拍打鐵門，才能叫起他。

有一天，老先生帶著霹靂腰包，悄悄離開，悄悄搬入大城的老人院。

從那以後，每天夜裡，九到十二點，店裡一台音響，會以最大音量自動播送懷念老歌。歌曲很好聽，但那不能阻止他們開始搬梯帶椅，將一些花花的小廣告——尋人啓事、土地貸款、媽祖遶境的布告等等的——貼在店外牆上。那使得兩層樓高、四面無鄰的雜貨店，看起來，就像一幢立體的集郵冊。

又過了很久很久，老先生的死訊，才確切傳回山村。

就他所知，事情就是這個樣子。

「問題是……」

一直以來——江想說——一直以來，他所認得的，都陸續從那惟一一條大馬路離開了。

例如，比方說，例如就像黑嘴這樣一條土狗。

江是在初張眼能記憶世界時就認得黑嘴的了。江總見牠，腹貼地面藏在樹蔭下，躲雨躲風躲太陽。牠的長毛糾結層束，像極一顆特大號的松果。只有當江的母親在門口敲碗時，黑嘴才會坐起來晃晃身子，慢慢踱回來吃飯。或者，當江經過樹下，往小徑走去時，黑嘴會懶懶地打量他一眼，懶懶地曳著尾巴，尾隨過來。

「黑嘴，別跟來，你好臭。」江總說。

黑嘴喘著氣，用牠黑黑的眼珠溜亮天光。從牠身上不斷抖落樹葉、石礫、小蟲子，揚揚長長散滿田中小徑。

「黑嘴，再走下去你會掉光的。」

江想像，當他最後回頭看時，黑嘴終於只剩下白白的骨架。那時，山風嗚嗚振響牠的頭骨，呼呼吹透牠的胸膛，黑嘴就不再喘氣了；牠一身輕快，昂昂踏路追來。那時，在牠所踏的那條小徑上，「我在這裡呢。」「我在這裡呢。」「我在這裡呢。」每一片樹葉、每一顆石子、每一條小蟲都這樣汪汪撒歡。

那時，小徑盡頭響起了救火鈴，那是工廠的收工鈴。江的母親在鈴鈴的鈴聲裡殿後走來，像是，不，她就是這樣一名疲累了、麻木了的女工。她走在小徑上，聽清黑嘴滿路的叫喚，她伸出左手，拉拉左耳，說：「黑嘴，看你又把自己變成什麼樣子了。」然後，她會打開自己製作的塑料提袋，沿路再把黑嘴撿回來，藏回樹蔭下。

只是，黑嘴最後一次失蹤，連母親都找不著了。

在一個冬日傍晚，大松果黑嘴，被小貨車在倒車時從尾巴根輾過，半身骨架都碎了。從此，黑嘴只用兩條前腿，在地上拖行。又過了幾天，黑嘴就從樹下消失了。所有人——也許包括母親——都猜測：黑嘴是這樣一條骨氣猶存的狗，牠是像牠那些好祖先一樣，在知道自己已然回天乏術時，默默去找到一個更遙遠更隱蔽的角落，默默躲起來等待了。

如果眞是這樣的。如果眞是這樣的，江希望黑嘴離開的那天，也要是一個大晴天。晴天的太陽，必要照乾小小大大每一坑水窪，惟有如此，到處才不會那樣泥濘難行。那時，在那條大馬路上，風一定是那樣清爽地撫著。當黑嘴撐起前腿，壓低兩耳勉力拖行時，從牠身上，會飄下脆乾的樹葉。黑嘴櫂著樹葉，像一艘輕輕的小船。

「就這裡了吧。」好黑嘴心想著。

「不，還不夠遠。」於是黑嘴繼續划，繼續慢慢向前划。

「喂，你要去死了嗎？」一隻小蟲飛躍起，覷著黑嘴問。

「可不是嗎？」黑嘴說：「汪。」

「怎麼了？」

「痛。」

「耐心點，你知道，以後可沒機會這樣了。」

「我知道，我知道。」黑嘴繼續划，繼續慢慢向前划，在大太陽底下，像小飛蟲那樣翩翩去遠，翩翩去遠了。

然而，山村四時面風，其實難得艷陽天。那壓殘黑嘴的小貨車，日復一日，總載著蔬果，在傍晚時穿透細雨來到大樹下，等待收工回家的工人們。直到有一天，小貨車也消失在那樣的雨裡，從此不見了。雨，只有雨還徐徐下著；母親看著空空的大樹下，說：「賣菜的好久沒出現了。」

當她那樣說時，江完全無法判斷：她是又想起黑嘴了，或者只是不知道晚餐該煮什麼罷了。

如此，帶著小小的遺憾、微微的歉然，與互相知道這些情緒都將在時間裡逐漸消逝的無可如何，他與母親，度過了一個最後想來最爲平和而安好的暑假。

他們像兩個有家的游民。在那個上學日，他們一同枯站在馬路邊等待。母親或許會像他那樣打心底覺得好笑：那樣多的事景都覆滅了，但奇怪的是，整山村還是只有一條靜靜的大馬路。

就他所知，事情就是這個樣子了。

「好吧。」

「他其實早就瘋了，對吧——你們看，他的記憶單調到只剩一條柏油馬路，然而，他還是無法將自己說明清楚。」

沒辦法啊，江說，沒辦法啊。

當流光拋遠，當他回憶起那些年復一年的重新出發，江發現自己，其實應該早點明白的。如果他不是一個那樣遲鈍的人，在那個上學日，他應該已經察覺了。他會察覺，他早已在他人的故事裡，沒有了自己的故事。

他一開始就遲到了。他的記憶，開始得極晚。他不記得在未學會走路時，自己是如何感知這個世界的：靜靜躺在有圍欄的小床上，仰看空氣裡的塵埃慢慢落定，大人們的臉龐湊近時發出的哄逗聲息，或者，親人間該有的親暱擁抱；這些，他一點印象也沒有。他也不記得，在學會說話前，他究竟是如何向別人陳明自己的需求的。肚子餓時、身體不舒服時、極端感到需要他人的陪伴時，是不是都只要恣意地啼哭，就總會有人趕來，弄明白他欠缺的是什麼呢？他曾經這樣哭過嗎？是的，他必然曾經這樣在他人的愛護裡痛哭過，否則，他不可能順利長大。

遺憾的是，這些，他也已經全都忘記了。

對江而言，在他初能記憶世界時，世界已是水平而流逝不止的了。那時，他若不是已學會站立、已學會行走，也至少已能在一個角落，獨自蹲踞一整天了。他看著忙碌的他們，在那些事後想來竟然總是晴好的日子裡，背對著他，走遠。

他像是只能藉助他們的死亡，才能在日後，記明白了他們。

當他站在後來的後來，旁觀那一切，他發現，在他惟一一次的少年時代裡，他所僅知的只是：曾有那麼多的人，他們窮途一生，無罪無惡；當他們離開時，人們早已沒有任何情緒了。

「回去吧。」江再次對母親說。

江不願在自己搭上公車後，隔著車窗，還看見母親呆站在原位。

然而，「再等一下。」母親依舊如此回答他。

第二章 母親

在離開山村工廠兩年後，江的母親獨自轉回，試探看能否重得一個工作。

那是一個二月天，攝氏十一度，風向西南吹，山村如常斜傾寒雨。母親右手手肘、右腳膝蓋纏著綳帶，打一把黑傘，提一盒禮餅，站在廠區辦公樓前。提示上工的救火鈴剛響，人影一下散過。母親認出幾位從前的舊同事，仔細地、一一與他們打過招呼。母親慢慢走進辦公樓。

一小時過去了，母親還在樓裡。她還抱著禮餅，端坐在一張軟椅上，椅邊倚著收起的傘。雨水由傘尖淌至地面，慢慢流過她腳下。

她還在等待，等待有人發給她一個可以開口說話的訊號。

雨仍下著。人們進辦公樓、出辦公樓，濕濕的腳印從門口繞彎，橫過母親視線底，停在一張辦公桌前，拋下各種紙張。桌後，正對她，坐著一個黝黑端正的男子，那是煞車皮工廠的經理。經理埋頭蓋章，講電話，按電腦，把紙張從大桌一角移到另一角。片刻，一名清潔婦踏雨鞋，一手提水桶，一手抓掃帚、拖把走進樓，在磨石子地上滑步，差點跌倒。片刻，母親緩緩站起，想去幫她；清潔婦搶過水桶，踱遠。片刻，經理抬頭，打量清潔婦與母親的動作，不發一語。母親低頭，看看自己的運動膠鞋，看看清潔婦的塑料雨鞋，看著一整辦公室滑來動去的人腳，小心轉身，坐回傘尖滴出的水窪裡，繼續等待。

「所以煞車皮，」她想：「大概不是那種用來黏在鞋底的塑料皮。」半小時又過去了。母親偷偷轉眼看經理，看著這個年紀大約小自己幾歲的男人，擺動兩條套著護袖的手臂，敏捷地忙碌著。

「妳看，我就是停不下來——我是整個煞車皮工廠的中樞，所以我完全煞不住車。」在他四周，像有一圈光暈這樣對她表明。

她保持微笑，靜靜等待。

母親四十五歲了，初初明白自己在別人眼裡，是什麼樣子。

黑傘風乾。母親懷抱禮盒，摸摸綳帶，覺得自己，還能靜靜等上更長更久。

一切的開始——江的母親之所以會出生——是因爲那天，江的外公找不到一幅空白的畫布。

那是在大戰末期，江的外公傳說不日將被徵去從軍。每天午前，他在喉囊反芻一口殘氣，悶悶醒過來。四周安靜極了，他的兄弟們都出門各幹各的去了，沒人再想煩擾他。他獨自起身，戴上漁夫帽，在細雨中抓掏摘挖，一路覓食。

走出草寮厝，走下山，涉過一片無主的濕草地，他撞見一道深溪溝。他滿嘴蛇莓，昂首走過忙碌的眾人，繼續向前。越過溪溝上的吊橋，橫過一岸水稻田、番薯田、竹筍林，和一片雜木林，他再從林中小徑，爬上一座山。

他又下了山。

他再翻過一座山。

一登上那處禿山頂，他就覷見海——不，其實是一整面直接從天上倒下的波濤大海，直直衝到他的視線底。

他停下腳步，飽撐肚皮，坐在一塊岩石上，看著那面就他所知的，世界的邊界，在雨裡默默翻漲。

他想作一幅畫。等待中，他只想做這件他有生以來惟一深樂自苦過的事——作畫。他想畫雨中各自靜立、延伸至海的草舍；想畫他與家人們在濕草地割草料、燒草垛作肥的模樣；想畫三名老婦在溪溝石豁間共堆魚簍、共攔一渠溪水的神情。這些畫，在他腦中，都早有了完整的構圖，但他始終無法決定該畫哪一幅。因爲大概只能再畫一幅了。他等待著、遲疑著、在默思中不斷修改各幅畫作的細節，直到那天，他兩個弟弟追上禿山頂，通知他說，都處理好了：他們幫他討了門親。

外公記得，是他的大弟來拍他肩膀，告訴他這些話的。他恍惚聽著，回過頭，看見他二弟赤腳在另一塊大岩上竄跳，不斷抖褲檔。他問二弟怎麼了。「沒事啦，」大弟說：「他跑太快，不注意，踩到一窩紅頭蟻。」跑太快了啊；他聽著，複述著，空想著。他只能瑣瑣想像在草叢根底結窩的紅頭蟻；想著牠們用箝齒吸汲水澤；想著在這樣一個光線軟柔的四月天，某人大腳踱進牠們的窩裡；想著牠們股股盤旋上那人的腿，那樣惶無目的地，擒咬那人的皮肉……他總無法抽身到更高、更準確的位置，去弄明白那到底怎麼回事。

他跟他們回去。

未入家門他就見到她了。他看見當時還只有一百公斤重的江的外婆，卡在廳裡對門的一張藤椅中，看望屋外。他隨她的視線，回身仰看高空。他看見一枝孤高的竹，以危疑的角度，在風裡搖擺，答答答答，一節又一節盪過聲響，又盪回來。那畫面對他而言尋常極了，但她獨自坐在那裡，像一頭擱淺的海豚那樣，大張眼膜，凝神看著。

那夜是他們的新婚之夜。外婆撐起一身看不見剪裁的洋裝，坐在房裡床板上，用她那擱淺的視線，緊盯著外公；外公坐在一張板凳上，對著畫架，不去驚擾外婆。他知道一屋子家人都並未熟睡，否則不可能那樣安靜，一點聲息也沒有。只除了雨聲。他懷疑自己的兄弟們今晚將睡在哪裡；他懷疑她能否弄明白自己怎麼竟會端坐在那裡；他紛錯地想著。眞奇怪，他想著，他突然明白自己該畫什麼了。那樣確定，好像一開始就該知道似的。他起身，但眞奇怪，他滿室搜尋，卻到處找不著一幅空白的畫布。

他檢查一幅幅在薄木板上格好的畫作，那都畫滿了，都是他自己畫的。

眞奇怪。

他看著掩實的房門，想著自己能否就這樣走出去；走離一室凌亂的畫具畫作；走離那個所謂的他的妻，去找到什麼人，問他說——能不能給我一方紙？隨便什麼紙，只要是空白的能上彩的就可以了。眞的眞的，我只要求一方白紙罷了。也許，他想像，也許當他這樣要求時，他們眞會歉善悲憫地捨給他一刀刀冥紙，就像他慣聽的那些鄉野故事一樣：到了故事的近尾關鍵處，冥紙總是死者的憑證、死亡的說明——他還能那樣無礙地在世界裡去謀求、去與物，去生一個什麼留給他們，只是，他已經死了。那是惟一的差別。

那是惟一的差別。

他把一幅畫置在畫架上，坐下，細細檢視。他回頭看她，苦笑著。「初次見面，妳好啊。」他對她說話，像對著海。他對一面汪洋大海喊說那眞有趣，在初次見面時我發現妳似乎從未見過風地裡的竹子。妳看，大家都以爲畫竹子很容易，對吧？只要一枝毛筆就能畫得極有神了，但其實，沒有什麼是容易的。在時刻變換的光影下，所有確切存在的東西，沒有什麼是容易確切臨摹的。包括人的表情。雖然，我所見的人的表情，永遠只有那少少幾種。

我想，我可以示範給妳看，妳看見的那枝攏盪的孤竹。一切都是光的作用，妳看。

外公用畫刀削磨畫架上的畫，在乾硬的油彩裡快手雕出線條。

「就像這樣，妳看。」他不斷對外婆喊著。

燭火滅了。雨還下著。

他丟開刀，僵直地發著楞，看她靜靜躲在黑暗裡，不敢聲張。

他起身，靠近她。

「妳不要害怕。」他爬到她身上，雙手捏住她的嘴唇，說妳不要害怕。

天亮時雨猶未停，他再爬回她身上。

正中午時雨還不停，他又爬回她身上。

傍晚，他帶她走出房間，走進雨裡，去找食物吃。

九個月後，江的母親出生。母親出生七個月後，大戰結束。那時，江的外公正趴在竹筍林裡找筍尖。他記得，他的大弟跑來拍他肩膀，告訴他這件事。遠處，他的二弟在竹葉滿覆的土地上赤腳竄跳。他們高聲跑遠了；他獨自走回來。他走過吊橋、走過他在那裡燒掉所有畫具畫作聊助堆肥的濕草地，一路踉踉蹌蹌搶徑回家。他看見她的妻，胸膛大張坐在廳裡乳孩子。

她望見他，對著他笑，那樣彷彿無事可隱完完好好向他笑。

他走向她。

隔年五月，母親的弟弟，江的舅舅，也出生在這世界上。

很多年後，外公與弟兄們埋好相繼死去的父母，與山裡零餘的親鄰一同攜家帶眷，遷徙出山。在濕草地上，貼著山壁，他們建起兩層樓的水泥樓屋。樓屋通梁連柱接成一長排，各家各戶的屋頂平台，只隔矮矮的牆欄。外公一家，就住在最靠邊的那一幢。

那就是江小時候，在山村裡，每當母親告訴他說「回後山去囉」時，江知道，母親將要背起背包，牽領他坐一小時公車、走一小時路回去的地方。

後山聚落，雨中的樓屋。那時，江的舅舅已經成家，搬離後山了。夏天回後山，江總在他的房裡午睡。

江躺在床板涼席上，環身綁著薄被，在一室樟腦丸味中醒睡。張開眼，他會看見舅舅貼在牆上的舊畫報。畫報底有張木桌。木桌上一盞綠色的檯燈。洞開的衣櫥；格屜都被抽起靠牆堆著，以防濕腐。窗簾貼窗不動。光線暗沉，像在水裡。江在那樣的光暈裡坐起，解下薄被，套上鞋襪，在樓屋裡緩緩魚游。

靜立供桌的神廳。靜靜的屋頂平台。一架空鴿舍。江下樓，去後院撒尿，再踱回廚房，去冰箱裡拿一罐養樂多；去掀開桌罩，從浮著油脂的冷湯裡，撈幾塊肉吃。江嚼著冷肉、吸著養樂多，游出長廊、游進廳裡。江看見已長到兩百五十公斤重的外婆，陷在一張大湯勺般的靠背躺椅裡，呼呼酣眠。

江坐在外婆身旁一張矮几上，用養樂多冰她的臉，把手輕輕靠放她的手臂，像放在軟軟冷冷的沙河上。外婆醒來，看見他，伸過另一隻手，用兩根胖胖的手指搔點他的手，像小狗兒溫暖的爪蹄。「餓嗎？」外婆總這樣問江。江總搖搖頭。外婆身前，一架舊電視。電視拉門總開敞，總播映無聲的畫面。江歪過頭，看向屋外，看見隔著溪溝，他的外公與母親在遠方田地上，各自以鋤理地；遠遠地聽不見話語。

江對外婆笑笑。

眼前的闃靜底，從一排樓屋散出的人影，除了江的母親外，其餘的，不是老人，就是小孩。那彷彿時間被攔腰取走了一塊。然而，童年的江，受母親的牽領，待在母親身旁，始終沒能察覺、無法意會過來。

江將滿十六歲了。

江手提一床棉被，跳下長途公車，踏在一塊大鐵板上。在他身後，空拋一般降下他母親。母親身背紫、黃兩色塑料布拼織的背包，手拿一把收起的黑傘。她眞像一員好傘兵，一落地就四面八方望透，思量該朝哪裡作安全回報。

四面八方，襲人的熱浪。

當時的大城，是一座大鐵板城，掘地三尺不見泉，不，就算掘地三十尺，也只能看見鋼骨打就的地基、塑成的隧道。一百名工人，每人頭上一盞探照燈，在高壓的地底，繞鐵梯不斷往下探、不斷往下探。四壁悶熱，氦氣氮氣靜靜游離出來；工人們悄悄吸進去；他們的血裡，開始蒸出一個個小氣泡，那使他們陶陶然。不知不覺他們話多了，像在酒宴裡一樣停不住嘴。他們抹抹唾液，用一頭微光照看同伴，提醒彼此：「小心，幫我留意，我看起來有沒有很開心的樣子？」不知不覺，同伴中有人一下臥倒，再也爬不起來。他們停下腳步，彼此對笑。他們說呵呵出事了哈哈快把他抬上去啊。

江與母親，在那樣的大城上方。

那是一個大好的豔陽天，大車站區趕上班的人潮剛散去。江魚鰓著，感覺空氣裡有一種甜滋滋的情調。「到了啊。」在他身後，母親開心喊。她張張臨時搭上的天橋，望望臨時砌起的鐵板路面，看看一整片彷彿就在臨時之中倉皇變出的大城街景。「眞的好亂啊。」她說。

四十三歲初蹈此城，這樣的母親。

江甩甩頭，說：「妳還沒看過更亂的。」江轉身領路，踩過晃響的鐵板，遙指一整排零插亂置的臨時公車站牌中的某一枝，對母親說：「現在要去那裡轉車，零錢拿好，下車再投，懂吧？」

當時的江，一共到過大城七次——第一次來看考場，後兩次來考高中，再後三次，他獨自拿一張紙，紙上抄滿地址。他照地址衝街撞巷找著了現在將搬進去的宿舍。「妳看喔，」江在心裡對母親說：「我很厲害的，所有人都被我騙過去了；他們掏鑰匙開一扇又一扇門，讓我進去瞧，看我魚游，聽我胡亂品評，沒人知道我心裡其實惶恐極了。但我成功了，我一個人就搞定了，母親。」

但江又想：母親不會懂的。在山村，在她的房裡，她只會那樣怪異地立定腳跟、打直膝蓋，大半身匿進壁櫥底，從裡面拖出一床捆好、收在提袋裡的棉被。「就這床，這床最暖。」她只會寒簡地這樣說。她還一定要江躺在床板上，把棉被罩在他身上比試。

「剛好。」她說。她獨自想著。

「我這樣好像在演死屍。」

「別亂講話。」

「妳不知道嗎?」江踢開棉被,說妳不知道大城是個根本用不著這種大棉被的地方嗎?那裡的人都暖融融像巧克力醬一樣,我去了那麼多次,從來就沒淋過一次冷雨。

「怎麼不冷?」母親不服氣。

母親說我弟弟你舅舅在你這年紀時,有一次從大城回後山你外公家,六月天,他卻冷得直發抖,還沒進家門,人就趴在溪溝上吐了好幾回。我問他發生什麼事了?還是吃壞肚子了?他搖搖頭,一句話都講不出嘴。

「拜託,」江倒在床板上:「不要再講那些清朝末年的事了好嗎?」

母親不理會江,獨自說下去。

母親說,她的父親,是不管事的;她的母親,是管不了事的。那個夏天,還是她扶著她弟弟,三天兩日,去大馬路邊等公車,坐車去看醫生。從小診所看到大醫院,醫生愈離愈遠,公車愈坐愈久,連濱海營區旁的海軍醫院都去過了,住院三天,依舊診不出病因。弟弟還是全身發冷,照三頓吐。

海軍醫院再過去,就是海裡面了。

母親想，沒辦法了，已經一點辦法也沒有了。

夏天將盡時，母親開始求神問卜，把請得到的人一一請回家。有這麼一位道士，一進門，倒一碗水，要母親在水裡撒一把細鐵釘、一把零錢。道士把這碗水擺在弟弟房門口，抄起魦魚劍，滿屋子叫著、跳著，到處放火，幾乎把房子給燒了。弟弟坐在床板上，笑笑地，睜眼看著。母親滅了火，送走道士後，弟弟居然就好了，會喊餓了。母親捧一碗粥給弟弟喝。

弟弟喝著，突然撇嘴問母親：「他有沒有還妳？」

「什麼東西有沒有還我？」母親問。

弟弟指指門口的碗。碗裡的水乾了，只剩下一把細鐵釘。「錢都被他收走了，」弟弟比比衣內貼胸處說：「我有看到，他藏在這裡。」

「嗯。」

「一定沒還妳對不對？」弟弟說：「我就知道，這些人喔……」

母親笑了。母親覺得弟弟有些傻氣，他如果記得整個夏天自己花了多少醫藥費，如果知道那道士未進門就收了筆香油錢，怎麼還會去在乎那幾枚銅板呢？

弟弟幾口喝光粥，把碗交給母親，說：「我想睡了。」

「睡吧，」母親說：「睡醒以後會覺得更好。」

母親順手整整棉被，將被沿拉到弟弟下巴底。不片刻，弟弟頭一偏，打起鼾來，髮根上、臉頰邊開始泌出汗。自夏初回家以來，母親第一次見他流汗。

母親看向窗外，遲疑著，不知道該不該把窗戶拉開一點，透透風。

還是不要；母親謹慎地決定，暫且不要亂動。

這可以等了。

弟弟的房裡猶有一種病中的氣味，封閉一整個夏天的兩扇窗，窗縫間開始爬長細細的壁癌。母親走過去，拉拉左耳，看看窗外，伸手撢撢窗縫。「終於好了啊。」母親想：那無以名之的病因，一個人躲進被窩裡、熟睡之時，居然是能自己好的。

母親說：「我是這樣想的。」

江聽完。江回憶在後山，舅舅遺留下的房間，回憶那些夏日幽深不動的午眠。「母親，」江在心裡對她喊：「妳原來什麼都搞不清楚嘛。」

第七次置身大城，一個大好的艷陽天。江領著母親轉公車，繼續前行。江覺得他們真像一對喜劇搭檔：一現身，人們就知道她是他的寡母，他是她的孤兒。他們經過一道插滿碎玻璃的圍牆，圍牆裡，是江即將就讀的高中。母親說想進學校瞧瞧，順道拜訪江的老師。江說妳別搞我了我怎麼知道誰是我老師？

江全心全意要快步趕到宿舍，把行李和母親一起扔進去。自助餐店。撞球間。租書店。大滷麵攤。一幢日式官舍。他們從遍植蒲葵的小巷間走出，攔腰撞見一條四線大馬路。

「小心走。」江對母親嚷。他們橫過那四線大道，經過泡沫紅茶店、豆漿店、輪胎行；江找到的宿舍，就隱在一段小小的巷內，等著他們。

不必去吵住在一樓的房東一家了，江說，他已經領得鑰匙了。他打開臨巷的大鐵門，領著母親爬上四樓，再開兩道鐵門，走進房子裡。他們走過寬寬的走廊，走廊邊貼牆放著一張舊木桌；他們轉個彎，轉進另一條較小較陰暗的走廊；走廊兩面對開好幾扇房門，江走去打開最遠的那扇。

「到了。」江放下手中的棉被，宣布說。

母親走過來。母親走進一間堪容一桌、一椅、一床的小小斗室，讓斗室顯得空空的也滿滿的。她轉了一圈，四處望望。好傘兵，江的母親，朝江的方向笑笑。很大很寬嘛——在她心裡也許是這樣想的——因爲既然我們已經走了這麼多路，開了這麼多扇門，見識了這麼多的人了嘛。

在那間斗室裡，江的母親伸手撢撢床板上的薄灰，小心翼翼把背包卸下，倚在床板一角，又順手將背包提提整整，讓它看上去精神點。然而，那樣滿載的背包，看上去還是歪歪垮垮的，因爲背包左緣有一條縫線車斜了，因爲背包中央打印的圖案印歪了，江得觀看良久，才能認出那是哪個遊樂場的商標。

江終於發覺那是那樣無可救藥的一個瑕疵品，所以才會傳到母親手上。然而母親絲毫不覺有異。她貼著斗室的牆走了一會，去拉開牆上惟一那扇氣窗，就像她老早就熟悉那扇窗一樣。

安全了。當時，在她的心中，也許是這樣想的。安全了，其他的，都可以慢慢等待了。

江的母親，是山村塑料廠最後的一名女工：最後，在一座搬空了的塑料廠裡，母親與一架半舊的裁切機，被牢牢釘在原地。那是之前十多年，她們一直就在的地方。

塑料廠是漸次搬空的。那些日子，江猶記得，總有一輛卡車在廠區空地候著。高處拋下的雨，咚咚敲打卡車帆棚。雨沿車體往下滑，滑過滾燙的車底盤，落地，蒸起條條煙絲。煙絲如龍捲風，向濕冷的水泥地遠旋。人們一雙雨鞋，就能踩滅好幾個。

卡車上的人，下來拆解、搬走工廠的機器。每搬離一架機器，廠房油漬地面就會圈留一塊印記，像是什麼能諭示未來的圖形。

那是舊曆新年將近的時候，江的母親，每天可有可無地打起傘，伸出左手，拉拉左耳，低頭走進那樣的印記裡。工人們亂著腳步，各自轉著打算，各自靜靜跑開，不再回來。最後，當印記滿蓋時，偌大的廠房裡，只剩下老闆與江的母親，應付未完的訂單。

最後，老闆也先跑走了。

於是，江手插褲袋，扭起一種滿不在乎的冷嘲嘴臉，由母親盯著，走向塑料廠。江當時就讀國三，正放著寒假。江很樂意想像自己是要去參加一場網球賽、一場交際舞，或者任何一種兩人能夠一起完成的遊戲。或者，江也想過，也許他該披上彩衣，用一根附音效的槌子敲自己頭，然後照地滾兩圈。也許這樣，走在他身後那個打著黑傘的人，就會卸下臉上那種霧茫茫的表情。

塑料廠長龍一般臥在梯田上，人形屋頂分著雨絲。在廠房一角，江與母親，合力滾動一盤形似巨型膠帶的大混紡布捲，用鐵柱將布捲軸心水平固穩，安在裁切機尾。裁切機開啓時，傳動滾輪會不斷將混紡布絞進機內。電熱鋼刀上上下下，將布裁成一定的長度，吐在平台上。母親與江，分立平台左右，同時抓牢裁好的混紡布，各自回身雙手用力一扯，混紡布浮織的裡外兩層立即分離，成了可再加工的原布。

抓牢、回身一扯，抓牢、回身一扯，抓牢、回身一扯……這樣不斷重複四個多小時後，江發現自己涅盤了。他的視線直直穿過母親，看見一道由光綴成的隧道，隧道底有一扇門；頂上那條長形的太陽，發出神秘的聲音，叫江去開那扇門。江趕去了，但母親出現在他身後，一掌拍在他頭頂，喚他說，休息了。

「嗯？」江說。江抬頭，看見廠房屋脊下，日光燈管一字排開，發出嘶嘶音頻。壁角冒生的濕潤雜草，在悶熱無風的空氣裡，微微搖擺著。

「可惡，」江擺手說：「我差點就破解生命的奧秘了。」

母親指著遠遠桌上一個電鍋，對江說：「去吃飯，下午再做。」

「隨便，」江說：「做一輩子也沒問題。」

母親看看江，低頭拉拉左耳，一聲不響轉身走了。

江坐到桌上，踢掉球鞋，從電鍋裡拿出一個鋁皮便當，掀掉盒蓋，捧著看。正當他還在思考一個人應該如何徒手吃一盒飯時，遠遠的雨裡，母親開一輛堆高機，轟隆隆殺進廠房裡，衝到他面前。

江跳下地，說妳幹什麼？母親下了車，把原布一疊疊堆滿堆高機的齒槽，又爬上車，指著桌子抽屜對江說：「筷子。」然後也不想辦法回車，也不看後照鏡，她就那樣雙手拔舉方向盤，直接把脖子扭上後背，頭手分離似地將堆高機倒著開，轟隆隆往廠區深處闖去。

江滑起球鞋，追到門口看母親。

在同一場雨裡，廠區辦公樓前聚了一群人，那是盤下塑料廠，要改建成煞車皮工廠的新老闆們；那裡面，還有一些塑料廠的舊工人們，他們其實已經遲來了，他們於是心急地笑著，試探看能否得到一個新工作。江的母親拐著頭，倒著堆高機，歪歪斜斜蛇行過他們，往倉庫駛去。那一刻，沒有什麼是留駐的，所有人都流利地彼此問了訊，道了好。

那樣的母親。那樣以一種極端違逆人體工學的姿態，倒開堆高機，在一瞬間，跟一群人掃好招呼的母親，江還以爲自己將一直記得。

當救火鈴又響起、收工伊時，江默默跟著母親，走到雜貨店買一罐漿糊。回到家裡，他們用漿糊敷滿雙手，一同坐在門檻上，將手伸進風地裡晾著；直到漿糊風乾變硬，他們將硬皮層層揭下，這可以用來去除指掌間洗不淨的染料。

冬天天早暗。天光散去時，雨中，遠方山坳舉起一盆火似的粉光，那是遠方大城的燈火。近處梯田上，還有老人在荒草堆中摩摩蹭蹭。一隻灰鷺飛起。在田野之上，母親不知看見什麼，問江：「你知道漿糊是用什麼做的嗎？」

「耶穌的寶血。」江說。

「晚上要吃什麼？」

「跟明天中午一樣。」

「再做幾天就習慣了，就不會那麼累了。」

「我好期待啊。」

那是在月亮都出現在大城的燈火上時，江才發現自己居然就這樣坐在自家大門口，晾著手，發著楞，所說的每言每語都是廢話。他無來由生起氣來，他說：「我有一種快要死掉的感覺。」

「你講話太誇張了，這習慣要改。」母親撕下手上一層硬皮，拿著，看了良久良久，思緒不知又掉到哪裡去了。她笑笑，突然抬頭告訴江：「有一天，停電了。」

「嗯？」江問：「什麼時候？」

「不是這裡，是在我家。我是說，是在後山你外公家。那時候我還沒出嫁。」

母親開始獨自說下去。

那最後於是又成了一個漫無方向、無以收拾的故事。

他們以此，等待指尖冰涼。

那個時候啊——母親說——那時候她還與她的父親、母親和弟弟，住在後山聚落那排樓屋最靠邊的那一幢。她家大門口，正對一道很深的溪溝，摔下去是會沒命的。游萬忠的父親，就是在喝醉酒時一腳踩空，滾到溪谷下，活活摔死了。

「游萬忠又是誰？」江問。

游萬忠是母親的小學同學，是一個黑黑瘦瘦的小男生。你只要覺得無聊，就可以去逗游萬忠玩；你可以跑到他身邊，拍拍手、跳跳腳，對他喊：「游萬忠，大碗公，游萬忠，大碗公。」游萬忠會紅了臉，原地彈起，追著你打。你可以任他追一會，然後回身，一拳將他擊倒。游萬忠不會哭，他只會站起來，拍拍衣服，恍恍惚惚看你一眼，好像弄不明白剛剛到底發生什麼事。

你笑一笑，對他說：「游萬忠，你跟著我幹麼？」

游萬忠也會挺不好意思地回你一笑，自顧自走開。

或者，如果要讓游萬忠跑遠一點，你可以十萬火急衝到他面前，大喊：「游萬忠，快回去，你家屋頂又飛了。」

游萬忠會站起來，把課桌抽屜裡的東西全掃進書包，光頭光腳一溜煙翻出學校圍牆，跑回家。

游萬忠家的屋頂，木板與柏油渣的人字形黏合物，在一個颱風夜裡，被颮飛了。游萬忠當時在屋裡，看著屋頂騰空，先原地繞了一個圓，然後呼一聲消失了。「啊，屋頂……」游萬忠手指上方，話還沒說完，游萬忠的父親劈面一掌搧來，摀住游萬忠的嘴，不讓他叫嚷。

游萬忠緊抓著父親，游萬忠的父親懷裡攏著一把南胡，父子倆窩壁角躲雨。

很久以後，鄰居隔著窗縫，看到游萬忠家怎麼像掀開的魔術箱那樣，劈哩啪啦跳出桌椅床櫃時，才冒著風雨前來，好說歹說，將游萬忠和他父親請出去，帶回家避難。

天亮了，颱風過去了。人們發現游萬忠家的屋頂飛過溪，蓋在對岸田地上。游萬忠的父親抱著南胡走去，一屁股坐在屋頂上，也不讓人搬，也不聽人勸，只是拉起南胡，開始唱大戲，一邊唱，一邊吸哩呼嚕哭了一整天……。

「然後他就摔死了？」江問。不，母親說，那不是同一天的事。游萬忠的父親，不分時節，常常總是灌得酩酊大醉。有一天，他就那樣終於掉到溪谷下，摔死了。兩個警察，一個師公，還有一個游萬忠，四個人下去溪谷看。那兩個警察，一個是學長，一個是學弟。學弟要派到後山分駐所的那天，長官發給他警徽、配槍，和一個小指北針，「有沒搞錯——開槍還要先瞄指北針？」學弟不屑地想著，帥帥地收了東西，來到後山。

後來他就知道了，後山道不著路，外地人很容易走失，所以需要指北針。

在一個大雨夜，學弟跟學長在山上礦坑，逮到一個躲在坑裡吸膠吸到神智不清的傢伙；他們把那傢伙拖到警車後座銬著。一輛車，學長學弟輪流開，兩人試著在雨中繞來轉去，怎樣就是開不回分駐所。晃晃盪盪中，學弟不小心睡著了。當他醒過來，看見警車正慢慢開回原來那個礦坑口，慢慢停下來。車頭燈照進雨中的礦坑口，像兩隻投海自盡的螢火蟲。

「學長，你還是找不到路？」學弟問。

「我沒在找，」學長說：「我睡著了。不是你在開車嗎？」

學弟低頭一看，赫然發現自己手上握著方向盤。

「報告長官，」後座那傢伙說：「我也醒了。」

「唉，眞是的。」學長探身到後座，打開手銬，對那傢伙說：「下大雨，快回家吧，就當我們今天沒遇到。」

那人打開車門，衝進雨裡，一下跑不見了。

學長看著，擊手說：「糟糕，居然忘了跟他問路。」

兩人無法，只好窩在警車裡，聽電波微弱颯颯呼呼完全聽不懂在講什麼的無線電打發時間。聽了一夜，直到天亮才被人救下山。

從那夜起，學弟就變得頭髮蓬亂、眼色紅灼，總像是正受著焚風逆襲一般——就像學長一樣。

那天，他們去找游萬忠的父親。站在溪谷上，學長學弟各自掏出指北針參詳；一個的針頭朝東，另一個的針頭指西，兩人鬧不清楚怎麼回事。那位師公沒好氣地說：「相什麼相？人就躺在下面了還會跑嗎？」他們才一起下到溪谷底。

溪谷風大，又下著雨，但師公撿石塊亂堆半面爐，伸出食指，只用指頭一點就把爐裡的紙錢點著了。師公姓許，大家叫他許老師，他從學會做師公那天開始就發起高燒，渾身像根燒紅了的精炭，所以他三餐都只吃沙士泡鹽巴。

有一天，他想煮碗赤肉粥吃，淘了米，切了肉，鍋子都架在瓦斯爐上了，他伸出食指，朝瓦斯爐一點，瓦斯爐連瓦斯管連瓦斯桶全著了，他家整個被炸得翻過來……。

「摔死了然後呢？」

「咋，怎麼是摔死的？他當然是被炸死的嘛。」

「我是說游萬忠他老爸。」

「喔，對。」

那天，許老師點火燒起紙錢後，對游萬忠說：「阿忠，你哭兩聲，喊幾句，讓你爸好走。」但游萬忠不會哭。他只是蹲在石堆間，楞楞睜著雙大眼，弄不明白該做什麼。

「快哭啊，阿忠。」許老師說。

游萬忠盯著許老師瞧，然後他明白過來了，他傻傻笑了，他也伸出食指，指著許老師說：「有一天，你全身都是火，你會被火燒死。」

許老師楞了楞，站起，舉起拳頭，威嚇說：「等一下你會被我揍死，不孝的東西。」

兩個警察還在驪聲同氣慢商量，想著該用什麼東西把游萬忠的父親吊上去。游萬忠踱過去，說：「我來。」他把他父親舉起來，左疊右摺，抱了，向山壁走去。游萬忠的父親軟軟綿綿覆在游萬忠懷裡；游萬忠貓一般赤腳空抓岩壁，不立時登了上去。兩個警察，一個許老師，三個人盡力跟著，緩緩跟上去。

許老師抬頭看游萬忠，「怪了。」他說。

「怎麼啦?」一個警察問。

「你們看，阿忠是不是一直在變胖?」

「怎麼啦？」另一個警察沒聽清楚，又問一遍。

「沒事，沒事。」許老師說。

當他們三人好不容易爬出溪溝，到處瞧瞧，也不見游萬忠，也不見游萬忠的父親；四面八方下著雨，一個人也沒有。

「該不會……」江說。

「對，游萬忠就那樣跑不見了，我們小學畢業典禮那天，他也沒有回來領畢業證書。」母親說。

江看看母親。她正輕輕搓著手，把手上的漿糊碎屑搓掉。

「妳居然還說我講話誇張。」江說。

「你不要不相信，」母親說：「事情眞的就是這樣子。」

「要命，」江搖搖頭，說：「那停電又是怎麼一回事？」

「什麼東西？」

「停電。妳不是要說停電的事？」

「喔，對。事情是這樣的……」

事情是，後山聚落其實是常停電的，就像山村一樣。

停電時，所有使用中的電器，朦朦朧朧進入休止狀態：燈泡熄了，但燈泡裡的鎢絲猶散著溫和的光，風扇也繼續橫擺了一下頭，一切都依著慣性耗盡最後一點能量。接著，聲響流瀉進來，從海，從山，從樹林，從田地，從近前的溪溝，直到屋外紛紛錯錯的人聲。

一山的人都走出屋子，和已周旋了一個白天的老小再次臉對臉。

「停電了……」

「是啊，停電了……」

他們這樣打著招呼，每個人的表情都很無奈。總會有人，一邊默默清點人數，一邊背向海，覷眼越過山村，探視離海更遠的數十座山頭外，大城向天空放射的橘紅色的粉光。如果光不見了，他知道，這次是大區域的停電，他會寬慰地告訴大家：「等一下就好了。」如果光仍在灼燒，他的表情就更無奈了，那表示一切都是後山聚落自己的問題。

也於是，後山聚落有可能被遺忘幾天幾夜。

但在那天夜裡，情況全然不是這樣的。那一夜，在一個像是早已約束好的時刻，所有使用中的，未使用的，能響的，原本不該響的電器，都一起自內裡發出一聲轟然巨吼。燈泡炸開，風扇冒煙，有電視的人家電視碎裂，有電鈴的大門電鈴大叫不停。一片漆黑迅速合攏，他們自屋內衝出，聚首，每個人聽著整山騷亂的聲浪，惶惑地看著彼此。

其實，倘若他們是獨自一人遭逢那樣的夜晚，他們恐怕都會一聲不吭，冷漠地對著自己，連眉頭都不皺一下。但當他們聚在一起，看著彼此，收受彼此的焦躁時，每個人的心裡都慌了。

一種遊戲一般的歇斯底里發散開來。他們探探遠方山頭，那盆火光還在。所以並不是什麼別人的末日，一切都是自己的問題。他們清點了人數，確認在他們之中，還有一個人被困在自己屋裡沒有出來。於是，他們一同出發，去營救那個人……

「每個人都去了喔。」母親說——游萬忠，游萬忠的父親，兩名各帶著指北針的警察，還有精炭一樣的許老師，還有許多在日後消失隱匿無蹤的人，在那一夜，他們全都夾在人群中出發，一起去營救一個人。

從溪溝頂的道路上行，行進半公里，他們走到一幢樓房外。樓房高三層，面向四野的每扇窗外，都焊上了堅固的鐵柵欄。在那個漆黑的夜晚，從來沒有人按過的大門電鈴，孤自怒吼不停。

樓房裡，獨居著一位人稱「人瑞」的老者。

沒有人記得人瑞老者未老之前是什麼樣子，大家只是看著他，屢屢像讓自己秘密在屋子裡重新出生那樣，推開大門，踉蹌著腳步，在山路上重新學習步行，一段時間顯得相當積極奮發，一段時間後，又萎靡消衰了下去，如此反覆不止。看著老者茫濁的眼珠——即使他正盯著自己瞧——沒有人能確定他究竟看到了什麼，與他對望，人們只會覺得自己背後有什麼靈獸在蠢蠢爬動。

停電之夜，他們出發去營救這樣一位人瑞老者。想像老者在黑暗中張挺的目光，每個人都覺得自己正背著一頭濕淋淋的猴子，猴子會用濕淋淋的粉紅色手掌，遮蓋他們的眼睛，搔抓他們的耳朵，或許還會像吸食樹上的龍眼那樣，吸食掉他們的心，只留下薄脆的空殼，掛在半空中。

他們逼近人瑞老者用無數個生命歷程，爲自己構築的堅實堡壘，想著老者在過往年歲中可能離失的親朋友伴，有些他們是深識的，但無論深識與否，那些人早都死了。

電鈴還在高吼。他們鼓起勇氣，繞樓房梭巡數遭，但每一扇窗後，都張望不見老者的身影。他們猜想：老者大約是一動不動躲在樓房內，一處四壁不著窗的房間裡了。有人發誓，在他猶能在別人家中任意跑動的少年時代裡，他確曾進過老者的樓房一次，裡面的確有間地窖般無窗的房間。那房間令他印象深刻，數十年不忘的原因是：房裡居然什麼也沒有，光潔得像是太空艙，彷彿隨時就要自地表浮起似的。如今，老者一定是坐在艙房地上，沉默地瞠視四壁了。

他們就地拾取硬物，敲擊窗上的鐵欄杆，想要吸引老者注意。

敲擊的聲音陸續響起，漸漸蓋過電鈴。他們有時大聲叫喚著——依著模糊的族輩關係——對老者該有的敬稱，有時一同停下動作，諦聽屋裡。終於，屋裡有些幽微的聲息了，他們聽見老者立身在屋裡某處，用清朗的聲音問：「是誰啊？」

「停電了，快出來啦……」他們集中到一扇窗前，呼喚老者，敲擊欄杆，急切地想向老者解釋現在的狀況。但聽見那樣紛錯的人聲，老者反而著慌了。老者總聽不明白他們在說什麼，隔著牆壁與欄杆，在幾乎再走近幾步就能對面相視的距離中，他不再靠近。他用驚嚇的聲音與他們對峙，彼此互相咆哮。

「是誰啊？」

「快出來啦……」

「是誰啊？」

「出來啦……」

「是誰啊？」

「過來這邊啦……」

「到底是誰啊……」

突然，毫無預警地，電鈴停了。後山聚落裡的一切聲音都被地面抽走，每個人都覺得眼前一晃、身體一沉，霎時間，一切就無聲無息，一片寂靜了。

由於沉默來得如此出人意表，母親的弟弟腳一滑，木棒脫手飛出，沒有擊中鐵欄杆，反而砸破了窗玻璃，而且木棒還刷地一聲，射進了屋子裡。

「啊，糟糕。」母親的弟弟看看自己右手手掌，左手搔著後腦勺，對著大家傻笑。萬籟俱寂。大家都停下動作，屏息看他，彷彿他敲破的是死人的棺材蓋。

不知過了多久，從那深深的樓房裡，傳出人瑞老者的呻吟：「好好好，秀琴妳要這樣鬧是不是？妳不放過我是不是？好好好，沒關係。」

他們聽見老者邁開大步，搬動什麼東西，向他們走近。下一秒鐘，他們面前的那扇窗，窗玻璃徹底向外碎裂。他們眼前，現出紅面狒狒般的老者。老者手執一根全新的汽車排氣管，喘息著，自屋裡怒視著他們。

「沒關係，看我的。」老者喃喃自語，向另一扇窗走去，又舉起排氣管，用力砸碎窗玻璃。

「沒關係，看我的。」

「乒——」

「沒關係，看我……」

「乒——」

「沒關係……」

「乒——」

老者就這樣在屋裡一路走著，還上至二樓、三樓，沿途砸碎每一塊窗玻璃。

他們逃了。他們一同奔出五百公尺外，退回出發地，遙望人瑞老者家，聽著那怒吼愈行悠遠，不明白他們莊嚴的營救行動，怎麼會莫名其妙變成這樣子。

老者的聲音總算聽不見了。他們偶一抬頭，會看見枝椏間的月亮，那是一團大圓月，它被紛雜的枝椏分解、切散，在他們眼中鑄成沒有形狀的光——或者，那夜的月亮根本是直角三角形的，誰在乎呢？

「喂，」很久以後，有人問：「秀琴是誰？」

「我怎麼知道？」有人回答。回答的人，一揮手將什麼東西投入黑暗的溪溝底，在褲管上抹淨雙手。所有人都學他這樣做，紛紛丟棄了手上的石塊棍棒，像是卸下了一夜的不安。那時，疲憊的感覺立即掩了上來。

他們再一次回望人瑞老者家，他們不知道，第二天，老者將要如何面對一幢洞亮的樓房——積極奮發，或者萎靡消衰？他們也不知道自己第二天將會如何，但他們決定各自回家了。

於是他們各自走了。母親站在一邊，看著她的同伴們漸漸走遠。母親的父親扶扶頭上的漁夫帽，先自回家。他是這樣一個愛美的男人，於是他在一片混亂中衝出家門時，猶記得摘下掛在牆上的帽子，遮掩自己日漸禿光的腦勺。母親的弟弟——一個當江聽見這個故事時母親說與江年紀相當的年輕人——獨自蹲在溪溝前，舉起僵硬的手看著。他的手心猶涔涔出著汗。

母親走向他，「不要難過。」這樣寒簡地對他說。

母親的弟弟早就習慣了，他習慣母親那種自小樂朗的講話方式，那使得安慰的詞彙像是朝你扔來的石塊。他低頭，透過指縫看一地不成形的月光。在他身後有微微鼓起的風，一山，一海，所有活著的植物都一起向世界投注碎碎瑣瑣的露珠。那於是成了這個世界上，一天當中，最冷的一刻。

「難過什麼？我是故意的。」他說。他試著縱聲大笑，但笑得極不成功，通過他喉管的聲音，聽起來，像是長毛象在被冰河壓扁之前所發出的乾嚎。

「唉。」母親歎了口氣。那時——母親說——到了那時她才想起一件很嚴重的事。母親想起：人瑞老者並不是當時惟一一位困在自己屋裡沒出來的人；困在自己屋裡的，還有一個，是她自己的母親。

母親趕緊跑回家。在家門口，她看見她父親摘下頭上的漁夫帽，小心翼翼把帽子掛回牆壁掛勾上。兩手擺擺，調妥角度。接著，他伸伸脖子，整整耳後一點亂髮，極其瀟灑地踱過母親的母親身旁，踱進內室裡。

母親走到一百八十公斤重的她的大母親身旁，蹲下，輕輕問她：「妳在做什麼啊？」大母親說她睡著了，作了一個夢。醒來的時候天荒地老，門窗透涼，所有人都消失了，不見了。

「發生了很多事啊。」母親說。

一定是這樣的，大母親說，總是這樣的。

「妳害怕嗎？」母親問。

害怕？不，大母親說，一點也不，正好相反。

「那麼，」母親說：「妳夢見什麼了呢？」

大母親說她夢見自己出去玩，走到一處極高的山頭上，累了，再也走不動了。慢慢地，被倒立的海給溺死了。

「妳夢見自己出去玩了啊，」母親說：「那眞好。」

然後，大母親說，然後她就尿床了。

母親伸手探探大母親的肚腹，爲她把裙襬拉下膝頭。

「沒關係，」母親說：「看我的。沒關係，看我的。」

母親以一種低低的男音玩味著這句話，自己先笑了。

騷動難安的一夜，所有人於是這樣無事可爲盪了過去。

「講完了？」江問。

「完了。」母親說。

「有一個小問題。」

「嗯？」

「妳說的那個妳弟弟，就是我那個舅舅，對吧？」

「對，因爲我是你媽媽。」

「問題是——如果妳說的那場停電發生時，我舅舅年紀和我相當，那麼當時，游萬忠和他父親怎麼可能在場呢？妳同學游萬忠，不是小學沒畢業就失蹤了嗎？」

母親楞了楞，笑一笑，「對喔。」她說。

「對嘛。」

母親聳聳肩：「就讓他們在場，有什麼不好？」

江想了想，無言以對。

夜掩上了。對著電視，他們吃飯。對著電視，江的母親坐在椅子上，掉進輕淺的睡眠裡。江猶自呆想著那道深溪溝、那個關在一幢樓房裡的獨居老人，與黑夜裡，那些黯著臉的他熟悉的人影。他不明白，母親的記憶何以像是一座迷宮一般——任何熟悉的事景與任何人，都可能出現在任何地方。

又下雨了。雨綿綿密密地下了一整晚，直到隔天傍晚，天才放晴。

天一放晴，江就親眼見到了游萬忠。

雨停的時候，江與母親剛下工。江走在小徑上，看見雨後的山村沉進一個清亮的黃昏裡。那些如日影一般的老人們，從各自的隱匿處一一游出，他們聚到樹蔭下，有的坐著輪椅、有的手上拿著假牙，有的卸下掛在膝頭的義肢，在漸次暗沉的金黃光影裡，溫呑呑地說著話。

一輩子的不如意，讓他們在晚年，自覺懂得所有人了——他們對彼此抱怨自己的生活，也互相指導著彼此該怎麼活。

「死不了啊……」

「對啊，好難受，但是死不了啊……」

他們聊著私密的病痛，敲打著各自身體說。

然後游萬忠就突然闖來了。

活生生的游萬忠。活生生的、看上去胖大聒噪的，據說在小學畢業前抱著父親跑不見了的游萬忠，開著一輛大貨車，貨車後斗盛一間平頂房子，向著樹蔭駛來。車未到，游萬忠就一路乒乒乒乒敲響喇叭。幾個人緩慢地起身，讓開位置給他。游萬忠叫著、謝著，在樹下停好車，打開車門跳下車。嚷著，喊著，在一片熱鬧中貓一般快手放倒車後斗房子的三面牆，從房子裡拖出一床又一床摺疊好裝在提袋裡的棉被，展示著。

游萬忠跑來賣棉被。游萬忠說他在一個短短的舊曆年冬，已開著貨車，沿海岸線闖蕩海島一圈；偏偏就在快回後山聚落時，在山村外，被一片雨雲擋了整整三天，進不得村——

「你不會想在雨中買棉被，對吧？」——進不得村，就回不去後山過年。看著路上家家戶戶都在大掃除了，丁口多的連春聯都貼上了，他一個人掛在貨車上，吹海風，啃冷饅頭，心裡眞不是滋味。

但游萬忠說他不甘心。他盯著那片雨雲，他說我跟你耗上了，我拚著回不了家過年我也要把這些壓箱寶帶給我們自己人；我引擎就熱著，我就看你什麼時候露個破綻，讓我闖進去。

「整整三天啊。」游萬忠說，終於讓他等到了。在車上，他看見雨雲稍稍卻腳，向後捲收，馬路上現出點點太陽，最後落盡的雨絲，都成了路面上發亮的光。「還等什麼？」游萬忠猛踩油門，放膽大吼，殺進光裡。太陽一直被他趕著跑，愈跑愈急，馬路上一片泛光，雨雲被他分成兩半，各自隱退，再不敢擋他。

「看，」游萬忠指指貨車車頂，得意地說：「不出一滴水。」

「那個……」一個老人晃過來，戚戚問游萬忠說你闖全島時有沒有經過一個什麼休息站，名字我忘了。十年前我經過一次，站裡有賣一種草莓汽水，我喝過一次，那味道眞好。那是一種什麼機器賣的，我搞不清楚，我餵了零錢，我等著，機器不理我。一位好美麗的漂亮小姐走來，幫我按了個鈕。哆，一個紙杯掉下來。匡，冰塊下空心蛋一樣下進紙杯裡。企，汽水也下來了。我想跟那好美麗的漂亮的迷人的小姐道謝。小姐人不見了。

我拿起杯子，喝了一口，好喝，是草莓。

我看看杯裡，沒有草莓。

我再喝一口，是草莓。

我看看杯裡，沒有草莓。

我再喝一口，是草莓。

我看看杯……

「唉呀，阿伯，」游萬忠說阿伯我跟你說呀，我是艱苦攢食人，是闖省道縣道，一村一鎮地過的，哪裡棲過什麼休息站？我還常常想，我賣的棉被床床都是好的，我自己卻常常窩在車上吹風……。

「是草莓，我看看杯裡，沒了。被我一個人喝光了。」老人說完，走了。

游萬忠乾張著嘴。

「喂，阿伯，」游萬忠喊：「我賣的棉被床床都是好的，同鄉自己人，絕對不騙你，過來看看啦。」

老人迭步不停，走遠了。

「啊，對。」游萬忠說。人群聚過來。聚過來的人群讓游萬忠回過神來；他抖擻起口舌，他說這樣一床好棉被打死就賣兩千五，同鄉價。人們說要我看這一床只值一千五，同鄉價。游萬忠說怎麼會這樣，你看看這褥套，你看看這被裡，你看看這織工，你不信你去闖全島看看能不能找到這麼好樣的，你找得到，取來砸在我臉上，我不只感謝你，我這床棉被還免費送你。人們說，就一千五，多了我也不要了。游萬忠笑笑，說一床好棉被賣一千五，我老婆小孩只好額角貼郵票，寄去給和尚養了。

大家也都笑了。游萬忠沉默。

天快黑了，他們還在往價還價。有人毛躁了，夥著眾人對游萬忠說好啦，快過年了我們都想換床新棉被，絕不虧你的，一個價，隨便賣賣，你可以早點回家抱老婆，多好。人們聽了，不置可否，別過頭去，胡亂找人搭兩句話。游萬忠一眼覷透，臉上還笑笑的。他說不是這樣講，我就是拚著不回家過年我也要維護住這麼個簡單清楚的道理，你們再看看，看詳細點，這眞是一床多麼好的棉被啊。

「那這樣，阿忠，」江的母親從人群中走出，提了一床棉被，說：「一床兩千塊，我就買。」

有人暗暗同意；有人暗暗不同意；有人暗暗不知道該同意還是不同意；人們的表情一下

全亂了。游萬忠張大眼仔細觀察；一片刻，他咬咬牙，帶笑說：「好吧，一句話，一床兩千塊，就是這個價錢。」

江的母親會了鈔。鈔票色澤一下閃過大家眼前，同意的、不同意的，所有人的表情頓萎，彷彿事已無可爲，不好再說什麼了。於是，人們各自提了棉被，付了錢，各自萎萎走了。

游萬忠發散好了，慢慢把貨車後斗的牆重新組回去，坐回駕駛座，張嘴看著擋風玻璃外淡淡的山村夜色，神情呆呆的；也許眞像他童年時代被人揍倒了又自己爬起那樣的恍然。他鬆了一口氣，臉色一下黑了下去，額角上爬出幾條皺紋，腦脖子後淅淅瀝出風乾的鹽粒。

「回家啦？」母親問他。

「嗯，回家了。」他說。

游萬忠發動引擎，將大貨車駛離樹下。江坐在門檻上，看見母親一揮手，別過身，提著一床棉被走回來。

江問母親：「他就是游萬忠？」

「喔，對。」母親說。

「對什麼對？那他爸爸到底怎麼回事？」

「噓……」母親說：「不要講出去，這是秘密——他把他爸爸摺成一床棉被，載去鵝鑾鼻賣掉了。」

江看著母親，搖搖頭。

江還有很多問題想問，但時間流瀉得如此之快，記憶中，只一眨眼，夜色就將門外的景物收攏成一片汪洋。在汪洋中，有人站的地方退成一座座島嶼，一個人站在一座孤島上，從各自的提袋裡拉出新棉被一角，絮絮比較著。一個人隔海對另一個喊說你的棉被比較好，我花了一樣的錢，買到的就沒那樣好。另一個喊說唉我的也沒那麼好，再好也比不上被那人載走的那麼好；我本來想買那一床的，還沒看仔細，就被他收走了。又一個說有什麼辦法呢？價錢一口被她咬死了，我想回嘴救活都來不及。

「又開始囉，」江指著那片汪洋，很正經對母親說：「過年妳又老了一歲了喔，最好不要總是這麼亂來，外面每個人都恨妳。」

母親轉過頭，看著江，對江說：「有夠誇張，你講話真有趣。」

母親放下棉被，環胸抱手，縮著脖子，低低笑著，看著外面那片低伏餘響的汪洋，彷彿那真的就只是一片遊樂場罷了。

「死不了啊……」

「對啊，死不了啊……」

他們還嚷著。

他們慢慢拖著棉被，回去他們各自的隱匿所，準備度過又一個新年。

而母親還笑著。

每天下工後，母親手的顏色都不同。

那一夜，母親的手是藍色的。

那樣的母親，江也眞的以爲自己，終將永遠不忘。

第二章 不在場

衣櫥裡的那口塑膠袋滿了。

江站在門後，看著它，像看著一隻飽撐的大青蛙。江突然發覺自己窮窘極了。江希望自己是高手，是大鬧蟹，是熊。江希望這口塑膠袋，原先就放在長廊上的舊木桌底，是由他們四個人一起公然餵養大的。

如此，在今天，大鬧蟹就會兩手提著塑膠袋跑來，他會將門撞飛，衝進江的斗室裡。他會嚷著——裝滿了，再也裝不下了，就是今天，行動吧。

「是嗎？時間到了嗎？」門後的江，會給撞得黏在牆壁上，莫可奈何地回答。

「什麼時間到了？」那時，母親會走過來，問江。她會仍提著提袋，看起來仍然就只像個結束一天疲累工作的女工那樣，向江走來。她小心將提袋倚在斗室的床板上，拉拉左耳，對江微笑。

江薄餅一般匿進牆裡，翻到寬寬的走廊上，指給母親看。在那張舊木桌前，四個朋友正聚在一起共謀大計。江把他們的計畫，解釋給母親聽。

「原來如此啊。」母親呵呵笑說。

他們一起走下樓，搖搖擺擺往便利商店走去。

水樣長街向前鋪展，四周的景物都不在了。

他們走著，只看見便利商店發著光。

母親從身後拿出鐵鍬，自顧自在街邊挖起一個洞。

「妳這是幹什麼？」江問。

母親說看看我頭上的斗笠，我現在是一個園丁喔。

那天中午啊。那天中午你記得嗎？當工廠午休時，塑料廠老闆跑來找我，說不行了我也得先走了，有好多事情要辦；妳看看怎樣，訂單能一個人處理完就處理完，如果眞沒辦法，打個電話給我，我回來收拾。

「沒關係，看我的。」我說。老闆三步併兩步跑回辦公樓前，把幾口封好的紙箱搬進房車行李箱；把老婆兒子請上車，自己鑽進駕駛座裡。他們一家要離開山村了，我走去送他們。我瞥眼看見老闆屁股後頭西裝褲上怎麼黏了一段膠帶，像拖著一條尾巴似的。我想告訴老闆，但老闆已關上車門，呼一聲把車開出去。

我慢慢走回廠裡吃便當。廠裡機器都搬空了，只剩下一架裁切機。我一邊吃飯，一邊想著自己一個人有沒有辦法操作這架機器。

沒辦法，我想，那太花時間了；已經沒有時間了。我看看遠處角落幾捲大混紡布，我想著一條混紡布何以會裡外兩層浮織在一起。當然，理由很簡單，那是效益的問題——如果混紡機能同時織兩層布，當然結果就是現在這樣子。然而，這麼一來，裁切機邊就需要多站一名工人了。這裡面大概有什麼道理：一種捨一邊就一邊的道理。因爲效益的關係。那麼，我想，如果繼續照這樣發展下去呢？結果這架破破爛爛的裁切機一定會被淘汰吧，那麼兩名工人就都沒工作了吧。

不對，結果這架裁切機還好好的，工人們卻全都失業了。

我放下便當，走出廠區。我想著老闆眞是一個有趣的人。十多年來，我覺得最好笑的就是每月一號的慶生會——每個當月生日的工人，下工前都得去辦公樓領一盒蛋糕，好像應該說「眞不好意思對啦我過幾天就要出生了」，對吧？我覺得最害怕的，是每年年底的健康檢查。看著電光車開進廠區，醫生護士帶磅秤提急救箱那樣嚴肅地走來，本來沒病的都覺得自己似乎應該生點病才對。

那時眞有趣，因爲很多事情都被老闆規定得很麻煩，大家都說浪費時間。

但老闆失敗了，他拖著一條尾巴，離開了山村。

然後我在雜貨店前打了公用電話，要你來幫忙，對吧？然後我們花了你一個寒假將塑料廠的訂單善後好了。所以我失業了。所以我到鄉公所應徵臨時工。所以我現在成了一個園丁。

看哪，好長的一條縣道，我們要在兩旁植上花木——一株杜鵑樹，一株矮扁柏，一株杜鵑樹，一株矮扁柏……不能弄錯，一定要這樣互相間隔，據說這樣可以防蟲害。

「跟潛水艇水箱的設計原理一樣對吧？」江說。

不不不，母親說，我們離海已經很遠了。我們從臨海小街出發，此刻正要回到山村去。有一天我將會經過廠區門口，經過你等公車的那枝公車站牌喔。

江甩甩頭，說我現在要去便利商店……

原來路上有著各式各樣的工作呢——母親獨自說下去——有這樣一個人，大家叫他「雨刷」，他的工作是背著背包，沿馬路從海岸東走到海岸西。走到了，再從馬路另一邊走回來。這樣走個不停，就像車子的雨刷一樣。他去幫路上每枝電線杆換礙子。你知道，那種黃色的，像咖哩粉罐一樣的東西。舊的受海風吹，結滿鹽霜，開始漏電了，他換下來，裝上一個新的。他從東邊換到西邊，從西邊換回東邊——可憐的雨刷，雨怎麼好像永遠不會停似的。

有一天，雨刷寂寞了，在路上打公用電話回家。雨刷的小孩接了。

雨刷問小孩：「你在幹什麼啊？」

「我在看電視。」小孩嘴裡嚼著什麼東西，回答說。

「嗯。」

「怎樣？」

「嗯，家裡有電吧？」雨刷又問。

「我在看電視。」

「嗯。」

「所以廢話當然有電嘛。」小孩這樣跟雨刷吼……。

「等一下。」江對母親說妳等我一下，我現在眞的要去便利商店了。

快去快去，母親揮揮手說我早知道了，快去，然後想辦法拖延久一點。

母親又從身後掏出一尾魚。

「妳又搞什麼？」江問。

濱海小街還是那樣熱鬧哩，母親說，小船回港時，哄一聲小街全活過來了，撒豆子一般到處都有人在叫賣。我想起今天你生日，所以我買了一尾魚——你最愛吃的、活跳跳的白鯧魚喔。本來是活的我意思是。

「我現在在想，」母親看看魚，看看一望無際的馬路說：「哪裡有冰箱？」

母親看著江，靜靜地、笑瞇瞇地。

「該不會……」江後退半步：「嘿嘿妳不要亂來喔，我知道便利商店沒這種服務。」

「早知道你會這樣說，」母親說：「所以半路上我把牠丟進洞裡埋了。」

江立定，看看母親，看看母親手上的魚，看看街邊那個母親挖的洞。

「妳把牠丟進洞裡埋了？」

「沒有辦法只能這樣了對吧？」

江搖搖頭，說我一定得去便利商店了，妳會在這裡等我對吧？

「快去快去。」母親說。

母親蹲下，咚一聲把魚投進洞裡，回身一閃，像有水花濺出來似的。

江低頭快跑，跑進便利商店裡。

四個朋友，各提一個籃子，在店裡迂迂迴迴的貨架邊埋著頭走，把零食泡麵掃進籃子裡。他們在離櫃檯最遠的角落集合，一動不動看著彼此，足有半個白堊紀那麼久。

「沒有任何人類的蹤跡，就是現在吧。」

「好，走。」

空中浮懸菊紋石，壁腳貼生三角蛤，海膽海螺海百合海象大好地唱著歌，他們自一片即將石化粉化煙化的古莽林中奔出，追逐著地球上化出的第一隻蝴蝶，追到櫃檯前。他們把籃子紛紛丟到櫃檯上。

櫃檯邊的大姊，高高的、瘦瘦的，頭髮長長的大姊，快動作一般用一根尾帶紅光的小塵，一一揮掃籃子裡的東西，一長條數字閃過一個水銀鏡面；掃完了，大姊用手背撥撥頭髮，看著他們。

匡，他們把一整塑膠袋的零錢擲到櫃檯上。

大姊再看看他們。

大姊低身，從櫃檯底抱出一個白鐵鑄的圓缸，圓缸上附著一個白鐵鑄的圓缽，他們看不懂那圓圓的缸和缽是什麼東西。大姊起手一提塑膠袋，把零錢倒進缽裡。

錢被吃走了。錢像陷進流沙裡一樣快速流過缽、掉進缸裡，一個不斷增大的數字出現在缸的肚臍眼。一天、兩天、一個月、兩個月……聚集這些零錢的時間快速在他們眼前流失。

他們張大嘴巴看著，有生以來，從來沒有這麼害怕過。

時間停了，大姊數完錢，丟還他們一小袋銅板。

結果大姊一句話也沒講。

四個朋友，每人一手扶下巴，一手提零食泡麵跌出便利商店，潦潦倒倒走回宿舍。

江張眼四望，想找母親，想對她說妳看見沒剛剛那個機器眞的好厲害。

但江找不到母親。

大王椰子樹影娑娑。在曾經是湖海，現在看起來就像湖海的大城裡，四個朋友繼續走著。他們換上短衣短褲，抱著一顆籃球、好幾袋零食，穿過矮房遮道的畸零小巷，撞見一面大牆，那是河堤。他們從草綠色的雲梯穿過草綠色的高架橋下，走進赭色皮帶般的河濱公園裡。

公園裡的籃球場，地面覆著一層薄泥。風吹過時帶走一點、掉下更多。籃框上的籃網又被人剪走了。整座城就像沿河住滿了從沒拿過冠軍的籃球員，白天剛掛上新籃網，晚上就有一整隊人各舉大剪哀哀跑來。

四個朋友打籃球，一對一鬥牛。

江坐在球場邊，舉頭看粉光似的天際線。

江問身邊的大鬧蟹：「嘿，我們其實很爛對吧？」

大鬧蟹滿嘴洋芋片，空空看著在球場上纏鬥的另兩人，回答說：「這個不用你講我也知道。」

「我不是說打籃球喔。」

「都爛，你不用一一舉例，那太花時間了。」

江轉頭仔細看著大鬧蟹。

「馬上示範給你看。」大鬧蟹站起來，拍拍屁股，對高手喊：「高手，有問題——一組三個數，一、三、五，下組三、五、七這樣等差推上去，所有各組數加起來，總和最接近一百；可以超過；最接近一百時，各組中最大的那個單獨的數是多少？」

籃框下，高手手扠著腰，喘著氣，對大鬧蟹說：「你在侮辱我嗎？」

「幹麼呀？」

「這麼簡單叫我算。」

大鬧蟹一屁股坐地，對江彈指說：「你看。」

江無言。

「呦呼，六連勝。」熊說。

高手滾下球場，對大鬧蟹說：「該你了，我拿那頭熊沒辦法。」

「他來真的？」

「十三。」

「什麼十三？」

「你要的答案。」

「喔，」大鬧蟹說：「靠，這麼不吉利。」

熊站在罰球線邊拍著球：「來吧來吧，誰也擋不住我。」

大鬧蟹苦笑：「我怎麼有一種進到屠宰場的感覺。」

「忍著點，」高手說：「一下就過去了。」

大鬧蟹繫緊鞋帶，調穩眼鏡，「好，怎樣也要撐久一點。」他說。

大鬧蟹扳扳手指，拉拉褲頭，小跑步上場了。

河面上有什麼東西在打旋，江抬頭一望，看見母親對河坐在一張椅子上，河面空浮著一架電視機。

江趕去。

「不是叫妳別亂跑嗎？」江對母親嚷。

我知道我知道，母親張手說，零錢收好，下車再投對吧？

江看看母親的手掌，什麼東西也沒有。

「停電了喔。」母親指著河面上幽暗的電視機，對江說。

「電視機裡？」江問。

電視機裡，母親說，電視機外，到處都停電了，或者只是電視機壞了？搞不清楚。你知道通常人們遇到這種情形時會怎麼做嗎？人們會看看自己屋裡的燈，然後把頭伸出窗外，對著，比方說，對著樓下的人大喊——嘿，現在是停電了對吧？這樣問題就簡單多了。

「我也想這樣做喔，結果，」母親四面八方望望：「我找不到燈，也找不到窗戶，也找不到人。只有我和那台沒有畫面的電視面對面坐著。所以問題就變得很複雜了對吧：到底是哪裡出錯了呢？」

然後我就看到他了，母親手指河面，對江說。

河面上現出一段產業道路。山村裡一個老人，鬼伯，拖著綿長的山村雨，走進道路裡，走到路邊一個水溝洞旁，解下褲子蹲下。屁股撅得高高的，對著水溝洞拉了好長一條屎。

「搞什麼？」江問。

唉，母親呵呵笑說，鬼伯是惟一一個還在使用山村公廁的人嘛，所以公廁的糞坑我想是已經滿了。已經很滿了吧。

很準時喔，母親說，每天早上我都看見鬼伯走出門，橫過大樹下，走上那段廢棄的產業道路，去拉那條屎。然後整天就好啦沒事了，他會踱回樹下，冒著雨，在一顆大石頭上呆坐一整天。

有一天，大家實在受不了鬼伯了，因爲就算他不在場，樹下還是有一股屍臭味。傍晚，在樹下，大家揪住他，說鬼伯你身上我看看。鬼伯很害怕，虛虛抵抗著，但大家還是掩著鼻子架住他，掀開他的衣服看。

大家看見鬼伯身上，從肚皮到後背爛了一圈肉，而且黑色的爛肉裡還吃進了一枚一枚銅板。

大家問了半天，才知道那是鬼伯的母親臨終前給鬼伯戴的手尾錢。本來手尾錢嘛，後輩兩三枚銅板繫在手腕上受庇蔭一下也就罷了。鬼伯的母親不知怎麼想的，用細尼龍繩串了一大串錢，叫鬼伯戴在腰上藏好。鬼伯的母親都出完殯了，也沒有人知道要叫鬼伯取下來。

「鬼伯的母親，都死了十多年了喔。」母親說。

江看看遠處，鬼伯、產業道路都消失了。大城的燈光壓著幾乎流不動的河水。身後有同伴的呼聲。籃球咚咚咚拍著地面。車聲。無數車輛從高架橋上一閃而過。這樣如常的一個秋夜。

「妳又在編故事了對吧？」江說：「這種事情怎麼可能發生？」

咋，母親揮揮手說，已經不可能編故事了，任何故事都沒用了。

每天喔，母親說，每天我們提前去馬路上，去前一天傍晚離開時的地點報到，無論那是在哪裡。主管開著小貨車運來花木。我們領了花木，一株杜鵑樹、一株矮扁柏、一株杜鵑樹這樣數著種著。我們提前到，然後盡力慢慢拖延著，這樣如果多拖過一天，就又多有一天的薪水。

有這樣一個二十多歲的年輕人，渾身瘦弱蕭索，只胖了一雙大耳朵。他搧搧耳朵，對我們笑笑，開始歪歪斜斜地種起花木——一株杜鵑樹、一株杜鵑樹，再過去還是一株杜鵑樹。

他趴在地上歪歪斜斜種了一長排杜鵑樹。

我們看著，假裝沒看見，低頭慢慢做自己的事。

主管開著高爾夫球車慢慢來巡路。遠遠的地方，他看見了，跳下車，衝到年輕人面前，扯住他的耳朵，對他吼：「講幾遍你才懂？杜鵑樹、矮扁柏、杜鵑樹、矮扁柏，去重來。」

主管推著他，往馬路倒退回去。

大家放下手上的工具，慢慢跟過去勸解。

主管見一個罵一個。

「哎呀沒辦法，因為他的手會痛嘛……」大家幫護著。

「沒辦法，因為她老了嘛……」

「因為他本來就是個笨蛋嘛……」

已經很盡力為所有人編造各式各樣的理由了喔，但是有一天傍晚，我們還是抵達了道路的終點。

道路終點是一長排圍起的柵欄，柵欄後面是一整片封起的山，漫山遍野蜷曲狂長野藤野樹。我們直起腰來，俯瞰視線底下蜿蜒的馬路，兩旁一株杜鵑樹、一株矮扁柏、一株杜鵑樹，規規律律的、小小弱弱的，像是什麼有趣的玩笑似的。

然後我們沿著馬路走下山。已經無話可說了。我們一株矮扁柏、一株杜鵑樹、一株矮扁柏這樣倒著數著走下山。

然後我就又失業了。「你看。」母親指指河面上的電視說，電視都被我看壞了，電都被我用光了。那個傍晚，我在屋裡，看著他們架起鬼伯出山村去求醫。那時，雨咻咻下著。他們對鬼伯開玩笑說看樣子只好把你的上半截和下半截切開，取出那圈爛套上脊骨的尼龍繩，再把你拼回來。

鬼伯嚇得要死。他全身縮在一件薄雨衣裡，獮猴一般蹲坐大石頭上，動都不敢動。

「然後我想——」母親從椅子上站起來，伸伸懶腰，抓抓過長過亂的捲髮，說我想我還是應該找個正常的工作喔。我可不想自己衝山撞谷找吃的一點不央煩別人，到老時卻被人喚作「鬼婆」喔。我可不想被他們亂掀衣服受他們開的那種無聊玩笑。他們都搞不清楚，好笑的事已經被我一棵一棵種在路上了呢。

江張嘴無言，看著那樣的母親。

球場上傳來一聲歡呼。母親回身一看，拍手叫好：「啊哈，他打贏了。」

江回頭，看見大鬧蟹四肢大趴，捶著地面，吼著：「我眞不敢相信，我眞不敢相信，我打敗熊了。」

熊低頭走到高手身邊坐下。

一顆籃球在地上輕彈著。

「輪到我上場了，」江對母親說：「妳知道，我也有自己的事情要忙。」

「去吧去吧，我都不麻煩你就是了。」母親說。她突然一抬腿，把椅子踢向電視機，一撞，兩樣東西都掉進河水裡。

「妳怎麼搞的……」

長風一般，長風一般眼前所見的景物都拉長了。江定神一看，看見薄薄的黃泥地上，熊舉起籃球，站在罰球線上，不斷對著籃框投球。更遠的地方，他們——當時的江、高手和大閘蟹——向著遠遠的雲梯走離，不時回頭，對熊喊話。

「熊，不要練了啦……」

「熊，很晚了，回去了啦……」

「熊，你已經是Bear Jordan了啦……」

但熊不理他們。「你們好煩哪，」熊說：「我不連進三十球是不會離開這個球場的我告訴你們。」

他們登上雲梯。

他們匿在雲梯上，看著球場上的熊。

「熊，你是在罰球還是罰自己啊？」大閘蟹手圈嘴巴，對著風地裡喊。

「這次又是誰惹到他了？」大閘蟹回頭，問大家。

「我想是你吧，」高手對大閘蟹說：「因爲你用神的方法打敗他了。」

「我？」大閘蟹說：「有沒搞錯？我整個晚上總共也才贏一場球哪。」

「所以他才火大啊。」高手說。

「啊？」大鬧蟹推推眼鏡：「你這樣講我就……」

熊站在罰球線上，把球擲向籃框。球有時進，有時不進。當球擊中框時，整枝籃球架會撳撳晃動，發出空空的聲響。

「他在生什麼氣？」河邊，母親指著熊，問江。

「沒有啦，」江看著熊，說：「他的初戀，剛剛被一台機器給沒收了。」

「這樣啊……」母親說。

江回頭，發現母親又不見了。

江再回頭，發現熊也不見了。所有人都不見了。

風漸漸大了，河水漲了起來，在幽暗的光線下，像倒退著流一般。

江獨自坐在河邊，看著河濱公園的燈火一起熄滅。

夜暗了。江起身，走回便利商店外。隔著落地玻璃窗，江看見在明亮無影的一室光線裡，大姊站在櫃檯後，微微低著頭。大姊也許將要交班了，她攏攏頭髮，整整櫃檯；室裡靜靜地，隨著她的動作安閒地度過那些細微的分秒。

江駐足一會，看著她。

江走回宿舍，走回自己的斗室裡。那袋藏在衣櫃底的銅板，他想著，也許兩年，也許半年，他就可以自己慢慢將它們花完了。讓它們消失在自己的生活中，從自己這間專爲準備再次遷徙的斗室中消失。那時，自己想必也已經不在這裡了。

他坐在書桌前。頭頂的氣窗，光影變化著。太陽西升東落，季節倒退著，但他並不在意，他猶自呆坐著。直到那天，在那個酷熱的夏夜裡，他的朋友們都陸續放學了。有人來敲他的門，他打開房門，發現高手、大鬧蟹和熊都在，都仍對他友善地笑著。

「嘿，」大鬧蟹拍拍手中的球，對他說：「去河堤打籃球吧。」

他看著他們，抱歉地對他們說：「我去過了喔。」

第四章

大於等待的

在母親失業的那段時日裡，每天晚上，會有一名老婦來找她。

老婦自小長於山村，年輕時愛熱鬧、善調解，闊氣甚於男子。招贅得婿後，她頗不負期望地，六年五冬，頓腳不停連生了六個兒子。十年二十年間，長相雷同的六兄弟，依單雙齒序，分別頂著兩門姓氏，先後離開山村。總在大假前夜，六兄弟開著各自的車，載著各自的家眷回到山村來。那時，一早就在大樹下等候的老婦終於開心了。她揮動雙臂，高聲呼喚，快步跑回家。那夜，家家戶戶一望廚房後門，會看見她的嘴笑咧到耳根，貼壁門神一般閃進來。她來借鍋借鼎借醬油，有時還拔下別人家的瓦斯桶，自扛了去。「哇，眞歡喜……啊，不夠吃……」她這樣說。她眼角蓄淚，滿臉油光汗漬，整個人心暢意酣地空空落落，不時甚至有些語無倫次。

第二天清早，人們開大門，張眼向屋外，首先望見的，還是老婦。她正操著竹掃把，將大樹下的硬土地刮得片葉不留；接著，她拋下竹掃把，從後腰抽出一柄柴刀，到竹叢裡砍幾根帶葉的青綠竹竿，搬到地上交叉橫擺，擋住道路。大樹四周，成了車械不通的遊樂場。那時，天一定是要放晴的。早飯時間剛過，老婦家那間水泥牆黑瓦頂的平房，就會連續跑出十八個一模一樣的小孩。他們或騎腳踏車，或踩溜冰鞋，或用狗鍊拖著老婦養的一條短腿黃狗，不片刻便越過老婦細心圈好的遊樂場，滿山遍野橫衝直撞。

那條短腿黃狗，名字就叫作「狗」，一個字，完了。

並且，牠的陰囊因爲病變的關係，腫得球大，夾在短短的兩腿間；當牠被拖著跑動時，陰囊就一下一下匡匡噹噹磕著地。

匡噹磕地聲中，山村大屠殺展開了——只消一個早晨，濕地上一整片姑婆芋，就全數被水鴛鴦炮轟掉了頂蓋；溝渠裡的田螺蝦蟹都被撈到大柏油馬路上列隊，孩子們手牽手蹲在路邊，耐心等候。當路過的大卡車將牠們連殼帶肉輾成兩行鼻涕時，孩子們就霍地站起，拍手歡呼。一個老人一踏出門，發現他家的水管被人用石頭砸斷了，滿後院都是積水。公廁的玻璃破了。供桌的神像歪了。相隔五百公尺遠的兩家，不知爲什麼互換了晾曬的衣物。村人挺起怒氣，走來找老婦理論。

精敏的老婦，總會立即抓住離她最近的一個小孩呵斥。

由於指認肇事者相當困難，由於老婦是那樣氣定神閒又聲色俱厲，村人們僵持著，一時之間，爲自己的濤然怒氣感到心虛。他們忙不迭起止住老婦作勢要揮下的竹枝，把話岔開。他們與老婦捲入日常閒談中。小孩擠著一樣的眉眼，靜靜逃了。

就是那樣熱鬧。就是那樣從容地度過那些熱鬧。

在兒子們不回山村的那些日子裡，在那間水泥牆黑瓦頂的平房底，每天晚上，老婦就會靜靜地與她的丈夫一同吃晚飯。那時，天一定下著細雨。在飯後，丈夫照例把一捲看了十多年的色情錄影帶，推進機器裡播放。然後，丈夫坐回沙發上，一手持牙籤剔牙，一手搋進褲襠裡。靜靜地，好久好久不出一聲。

老婦看著她丈夫，看著模模糊糊的電視畫面。

那捲錄影帶，是她六個兒子之一，送給她丈夫做生日禮物的。

「眞搞不懂啊，我自己的丈夫兒子。」年輕時開闊遠勝男子的老婦，寥寥想著。

「你已經坐在那裡一整天了，」她問丈夫：「你怎麼不出去走走，散散步，看看風景？」

「請不要有那種城裡人的奇怪幻想。」丈夫回她說。

老婦復無別話，拿起手電筒，走出屋外，走進雨裡。

那就是每天晚上，江的母親看見老婦的樣子——她搖手電筒的光，橫過樹籬走來，身後跟著一條磕陰囊帶狗鍊的短腿黃狗，「狗」。用大半時間在等待大節、等待歡聚的老婦，在等待的時間裡，宣稱自己是個怕鬼、怕冷清的人。所以她每天一路誇張地大唸佛號、鏗鏘亂響，出現在母親面前，找母親說幾句話。

她們一起看電視新聞，看那些正在發生的事；她們一起看電視連續劇，看那些她們知道接下去會怎麼發生的事。「現在變成這樣了，」老婦對母親說：「兒子去城裡賺大錢，就不理自己親生老母了。」母親其實無法確定她說的是電視裡，還是電視外的事。母親不確定老婦是想安慰她，或者純粹只是想對她抱怨。但，「呵呵，對啊。」母親應答著。

光影落盡的黑夜時刻，也許還要更久，她們會這樣不看彼此，一起坐著。在每個沒有節日可以彰顯的無名日子，她們會這樣一短一長寥落對話。沒有人會記得、會在乎她們這樣做。但她們會記得，她們這樣一對已完盡作用的母親，會一起記得，在那些時間裡她們共同回憶過的事。

在那樣漫長的時光底，她們一起琢磨過的，他人的生活。

而後，在那天夜裡，母親對老婦說：「我想，我還是應該要出去找個工作喔。」

「是嗎？那很好啊。能工作是很好的。」老婦慢慢站起，悠悠伸了個長長的懶腰。「那麼，」老婦笑著，對母親說：「我走了。」

「嗯。」母親也笑著。

而後，母親走近，將已伸成三百里長的老婦，慢慢捲收起來、慢慢捲收起來，從年輕的她到此刻的她，連她的丈夫、她那六個兒子、她那十八個孫子，連她那間水泥牆黑瓦頂的平房，連一點點山村的細雨，連那條正蹲踞在門口吹狗螺的「狗」……所有的一切，母親都細細捲好，捆成一張毛毯的大小，捧著，收進衣櫥裡。

「再見，鬼婆。」母親對她說。

那時，天已將亮了。天剛亮起時，衣櫃前只剩母親一個人了。她獨自腳跟立定、膝蓋打直，從衣櫃底拖出她最好的那套運動服。她把運動服擺在床板上，預備在上工時間時穿出門。

對著鏡子，她整整新燙好的頭髮，重新檢查自己臉上的神態。

就要出發了啊，她想著。

在離開廠區整整兩年、徹底失業十個月後，江的母親將要涉過一路鼎沸的人聲，來到一切都上了軌道的煞車皮工廠，看能否得到一個工作。

看能否憑此，重新隱入人群中。

爲了給人一個好印象，前一天午前，她特地騎著腳踏車，去到——她從前慣去的——濱海小街上的那家美容院，去整理一頭久未整理的亂髮。在路上，她不慎連車帶人摔了一跤。回到家後，對著鏡子，她回想自己將淌著泥水的腳踏車停在美容院外，帶著手肘、膝蓋的擦傷走進門時，美容院裡，眾人的表情。

「她們一下子都沒有認出我呢。」她想著：「她們以爲我是哪裡來的瘋子。」

然後，她們認出她了。

她們突然過度熱切地關問著，找來醫藥箱，爲她處理傷口。

那時她心中突然有一個念頭，她想著：如果她眞是一個陌生的瘋子，她在路上摔傷了，這樣唐突地推門走進她們的地方，她們會不會爲她處理傷口呢？

眞奇怪，已過不惑之齡，她才第一次去想這樣的問題。

然而，她知道答案的。當她知道要這樣問時，她想，她已經知道答案了。

她離開自己的房間，推開大門，呆呆看著屋外。細雨之中、人群散盡的夜暗田野上，有一個年輕人，持一柄鋤頭，在荒草堆中掘一口水塘。她呆呆看著。她記得那裡本來就有一口水塘了，但水塘不知何時竟已消失了，結果這個年輕人得重新這樣一下一下吃力地掘開土。

「小心啊。」看著年輕人的動作她想著：如果曾經在那塊田地上付出一輩子的人，最後都能長駐那塊田地、共饗沃土的話，年輕人此刻，已經掘破很多人的精魂了。

出發了。

母親換好衣服，在工廠開工時間將近時走出門，走過廠區門口的雜貨店。

她看見雜貨店猶安然屹立在雨中。雜貨店的老先生，倚門端坐，就著報紙練寫毛筆字。桌邊有鍋未吃完的速食麵。老先生煮速食麵當早餐，煮速食麵當午餐，煮速食麵當晚餐。煮麵、吃麵、練字，他的腰間總繫著霹靂腰包。他像一個駐防城樓的管理員，敬謹地看守著他的臨時居所。

母親記得，在她嫁到山村時，雜貨店就開著了。更久更久以前，一天清早，當山村人經過那裡，老先生就出現在那幢彷彿廢棄碉堡的樓房裡，持一把破掃帚，獨自打掃著了。他們遲疑著，終於有人上前問老先生是誰。

老先生反問：「原先住在這裡的人呢？」

「死了。」他們回答：死了，他們幫扶著，去公墓埋了。

老先生說我就是死者的弟弟。我是最後那位獨居在這座樓房裡、死在這座樓房裡的那個婦人的弟弟。我現在回來了，要開一家雜貨店。

老先生令他們感到歉然。他們總對陌生人感到歉然。尤其是當他們發現自己原來早該認識這個陌生人的時候。尤其是這個陌生人似乎對他們如此熟稔，他完全理解何以一名獨居者死後，偌大的房裡會只剩下一把破掃帚的時候。

他們不免仍有些狐疑。夜晚，敲開鐵門、進雜貨店買點什麼時，他們會故作不經意，對老先生說：「你姊眞是個好人啊。」

「不，」老先生答：「她也有不是的地方。」

「也對，也對。」他們看著老先生，心想著。

或者，他們問：「你姊很難相處吧？」

「不，」老先生答：「她也有好相處的時候。」

「也對，也對。」他們也看著老先生，心想著。

那時，他們才覺得自己比較熟悉老先生了。他們比較能夠接受老先生作爲一名死者的弟弟，這樣一身乾整、總是清醒地坐在死者最後臥倒的地方，就著桌子練寫毛筆字。

桌邊檯燈下，總也靜靜壓著一本記賬用的大冊子。

傍晚，廠區收工的時候，他們會前前後後踱進雜貨店裡，賒一瓶冰啤酒喝，或者兩瓶，或者更多。當他們喝掛了，倚著桌子，各自陷進漫無邊際的夢裡時，老先生會一一輕輕喚醒他們，對他們說：「該回家了。」

檯燈圈著一桌綠色的光。他們醒進那樣的恬靜裡，看著一地凌亂的空酒瓶，覺得手腳、胃底、腦後都僵寒極了。

「回去睡覺吧，明天還要上工呢。」老先生說。

「記我賬上，」他們站起，吐著暖氣，搶著說：「記我賬上。」

都記得了，老先生拍拍大冊子，說放心回去好好休息吧我都各自記得了。

他們走出雜貨店，走進雨裡，聽著老先生在他們身後拉下鐵門。他們知道，明天一早，當他們又經過雜貨店時，雜貨店又會恢復原本的齊整。老先生還儼然坐在那裡，就著剛看完的早報練寫毛筆字，桌邊放著一鍋未吃完的速食麵。

走在那樣的雨裡，默想明天，他們偶爾還覺得歉然極了。然後，在那樣日復一日的歉然裡，他們覺得自己日復一日又更熟悉老先生了。

直到那天，老先生匿進大城裡，從此不再回來，他們仍不覺得老先生消失了。他們慢慢攀梯帶椅，慢慢試探著，以自己熟悉的方式，一紙一紙親暱地黏靠老先生護衛的外牆。像蔓生的藤，漸漸，他們爬進門窗。漸漸，他們發現自己置身在二樓老先生的臥室裡，坐在老先生的床上，讀著一本老先生細筆滿記的大冊子。「我在這裡呢。」「我在這裡呢。」「我在這裡呢。」他們不由自主，一頁頁翻閱著大冊子，這樣回憶著。

在一架屜格全被拉開的五斗櫃上，一台音響靜靜立著。他們想像，也許有天，老先生會再回來，自己關掉這台定時歌唱的機器。那時，「你看喔——」他們要對老先生說，他們要說在你離去的日子裡，我們是這樣熟悉親暱地以自己的方式去靠近你了。你看，我們終於完全熟識你了。你不會知道，在記憶之中，那是一段多麼長久、多麼滿溢愧疚的時光，在我們各自作著遼遠的夢的時候。然而，你終於不再回來了。在你的死訊確切輾轉傳回山村那天，我們照常去上工。我們或打著傘、或不打傘，在那樣的雨裡日復一日去上工。我們看著你的樓房，那變成我們全然熟悉的樣子，那終於早就沒有你曾活過的痕跡了。

那時，我們才覺得自己比較能夠接受這樣確切的訊息了。

我們時常還會潦草地想起你。我們記得，你是這樣一個好與從的人，你總是靜靜的。然而，不，我們又想，你也有不是的地方，尤其是你總是靜靜而全然清醒地對著醉酒的我們。在我們眞正並不認爲你是一個陌生人的時候，你卻仍像走鋼索那樣謹慎，似乎一開口就會下墜似地，那樣地迫近瘋狂。

尤其是在那樣靜默的時刻裡。

雨仍下著。在一間人聲鼎沸的樓裡，母親獨自面對一個靜默的男人，等待他給她一個可以開口說話的訊號。「我就是死者的弟弟。」母親低低玩味這句話，獨自微笑著。她想起在那場細雨中，她踩著水，站在屋頂平台的樓梯口，看著一個男孩，貼在護牆邊，雙手扶著一根竹竿，逆時鐘慢慢轉動。從樓底，斷續傳來一個婦人的叫喊。「好了。」「糊掉了。」「好了。」婦人這樣嚷著。

她聽見以後，大聲把婦人的話語傳述給男孩聽。

斷續叫喊的婦人是她的母親。轉動竹竿的男孩是她的弟弟。竹竿頂端綁著電視訊號接收器。細雨中，她與弟弟幫母親調整被風吹歪的接收器，讓鎮日坐在躺椅上的他們的母親，可以看清眼前的電視畫面。後山聚落。雨中的屋頂平台。那樣的光度，怎麼想都應該必得是個大晴天——然而，不，她記得那時下著細雨；下著無傷的細雨。她記得，那時，弟弟手臂底還夾了一本參考書。他那樣僵硬又柔和地傾著身體，慢慢旋著竹竿，那彷彿能掌握的他都會輕輕掌握穩。

她喜歡看他，這個男孩，她的弟弟。她喜歡想像在那樣的清晨，他弟弟發現自己是全家第一個醒過來的人。他爬上樓，推開門，走進屋頂平台，打開一架木造鴿籠，放出他養的一群鴿子。然後，他坐在鴿籠簷下，獨自讀著參考書。獨自準備高中聯考。爲了不去擾亂這個畫面，她可以在床板上躺久一點，直到看見鴿子在窗外飛翔，才悄悄走出自己房裡。

假裝路過，她走上屋頂平台，去看他。他會對她說話。那時，他猶願意對她說明自己心中的想法。他會說，他發現，在這個世界上，只有兩件事人類可以自由操縱——第一，是「時間」；第二，就是「夢想」。聽完，她笑了。她不知道從何時開始，他養成這種古怪的說話習慣——他不說「人」，他開始總說「人類」。人類，於是還有狗類、鳥類、蟲類與其他的物類。時間與夢想，是屬於他們這類的惟二兩種自由；十五歲的人類一員，他弟弟這樣說。

很久很久以後，他還會突然對她提起這段話。在時間與夢想日漸縮減的時候，他還會這樣準確覆誦起他年輕時早就說過的話。他們都不會去確認——這些話究竟是不是他初次想到的呢?究竟在邏輯上禁不禁得起推敲呢?不,那已經都無關緊要了。那彷彿是在初老的門檻上,任何遙向自由開放的話語,都能作爲他們曾經年輕過的證據。他們盤算著,要以這種姿態,重新提起力氣,去度過更長更久的歲月。話語與話語,那樣無能爲力成爲惟二的兩種慰藉,而在時間的兩端,母親剛好都是聽眾。或者,只比聽眾多介入一些:母親是一個總在原地踏步的傳令兵。

母親會記得,在那個舊曆年初三,她弟弟到山村找她。他蹲在門口抽菸。他兩個就讀國小的兒子,正跟他鬧著意氣,坐在他的二手車裡打電動玩具,不肯下車。他的太太,早已經躲到離他很遠的地方去了。但他仍穿著他那套西裝,抹抹竄出一頭髮油的幾絲灰髮,兩眼空空望著遠方的雨,帶著微笑,腦筋打轉著,「我發現這個世界上,只有兩件事,人類可以自由……」他開始重新這樣對她說。或者,他開始重新這樣對自己訴說。或許,在那一刻,他不再是自己認爲的那個工廠開一家倒一家的衰尾道人;不再是個負債累累的成年男子;不再是親戚朋友們眼中的瘟神了。他相信,自己會繼續那樣浮動難安地走下去;去想那些有想頭的事;想著要去那些沒人去過的地方,做那些沒人做過的事。那樣的路途之上,那些人——母親想著——他們之中,十之八九會慘烈地失敗。八九之六七,老婆會跑掉,小孩會恨他。

但是無妨，他們之中，十分之十的人會再接再厲，繼續穿著西裝，帶著微笑，腦筋打轉著，出現在渡船頭，出現在火車站，出現在工業區，或者突然就跑到妳家門口抽菸。

然後妳會請他喝酒。然後他一定會喝醉。喝醉以後，他或者哭，或者不哭，但他一定會堅持要自己開車回家。然後妳絕對攔不住他。然後他一定會開到一半支持不住，把車子停在路邊睡覺。然後他的小孩坐在後座，繼續安靜地打電玩，繼續安靜地恨他。然後他會突然醒過來，突然感到很愧疚。然後他會主動消失一陣子。

然後，當他又晃蕩過來，當妳再看到他時，他還是穿著西裝，掛著一嘴坦然的笑，說他對於「人類」的發現。

年復一年，在寂然下著雨的節日裡，妳眞的會，不，妳眞的只能希望他總會記得這樣一身齊整，手提一盒路上臨時買的蛋捲，故作若無其事地晃蕩過來，來覆述他老早發現過的事。妳會小心。妳會裝作自己早忘了那些已聽過的話，如此，他會確定自己是世上惟一還這樣想著的人，他會繼續快樂地談話。妳還會覷準一個最好的時機，拿出妳老早準備好的兩個紅包，故意表現得極其不值，以一種悲柔而自憐的方式，把紅包交到他的兒子們手上。

江的舅舅，在那些江曾經、或者即將與他比肩的年紀裡，在後山江的外公家留下一整籠鴿子，在山村江的母親的一格抽屜裡，留下一整疊印著不同名字與職銜的名片，如此不斷在各式光影中抽身，這樣努力想要匿進人潮裡。年復一年，他改名字、搬新家，閉眼奮鬥半年，用另外半年懊悔自己、忍受他人。彷彿總有無盡的厄運，鬼影一般侵擾他，逼迫他不斷遷徙。直到有一天，在新年節慶裡，他那樣半醉地對著自己姊姊，一字一字對他姊姊江的母親說：「我眞希望我沒有被生出來。」

那時，屋外，衝天炮在雨雲底零落爆破。

母親笑著，裝作自己沒聽見這句他每年都會說的話。輕輕巧巧，像翻過一頁書那樣將話語掩了過去。

有許多事母親都無力預期，但就站在那門口，母親彷彿就能看見他，那樣開著車回去，一路卸下強自快樂的心情，漸漸虛弱。在濱海公路的路肩上猛然轉醒時，他會掩住愧疚，要自己的孩子交出收得的紅包。那樣年年成長、漸漸懂得人事的兩個孩子，一對兄弟——哥哥穿著一身新衣，弟弟穿著哥哥去年穿的衣服，兩人輪流打著兩台陳舊的掌上型電玩。車窗外，寬闊的大海拍襲路面，雨點敲著車頂。在那個濕冷極了的角落，他們的父親，紅著臉回身，伸手將他們劫掠一空。

他們彼此對看。

很久很久以後，這對孩子還會記得，在他們的童年時代，他們那挫敗的父親，是如何利用他們，利用快樂的節日，繞海岸穿門過戶打抽豐。他們會想起，自己的父親是這樣一個謊話連篇的騙子。那些什麼「自由」與「夢想」等等寬遠的字眼，都像回身伸手的父親一樣，發出濃濃的酒臭氣。那些字眼，是如此地不可輕信，就像故作天眞地販賣著他們童年的父親一樣。那樣地自我陶醉。

而母親不能阻止那一切。

話語。話語。在話語裡。

「所以煞車皮，」母親想著：「不曉得到底長什麼樣子？」

她坐在一坑水窪裡等待，轉頭四顧，希望辦公樓裡流遞的物品，能給她一點提示。然而，她只看見一堆廢紙，一堆寫滿字的文件，在經理的桌角漸漸壘高。經理依舊不發一語，靜靜忙碌。

雨仍下著。

她撫著傷口、抱著禮物，對著僵冷的空氣獨自微笑。她獨自溫暖地回想起自己的弟弟；回想起舊塑料皮工廠的老闆，想著他如何拖著一條尾巴，舉家挫敗地遷離山村。渡船頭。火車站。工業區。她想著不曉得他們現在會在哪裡？一家是否依舊安好？她想著。「所以，恭喜你，」她抬頭，對著眼前的陌生男人，煞車皮工廠的經理，柔柔在心底說：「機會只有十之一二——你成功了。但，那一定相當艱辛吧？」

沒有人會明白她的。沒有人知道她現在掉在回憶中的哪裡。沒有人發現她其實正想像著他，眼前的這位陌生經理，或許一如她認識的那些男子一樣，在高中畢業，不，或許還要更早，在國中畢業後，從上游零件廠的學徒開始做起。在一個大雨天，他會躲在一處小涼亭裡，隔著四線道大馬路，遠眺一處大工業區入口。大工業區是新的。大馬路是新的。連他所置身的那座古色古香的小涼亭，也是新起的。小涼亭發散紅融融的油漆味，這樣佇立在鐵灰色工業區深闊的大門口；路過的人看見，都覺得那慧黠極了，眞像是一個畫龍點睛的高明玩笑。

他坐在涼亭裡，讀一本武俠小說，不時抬頭張望工業區大門。他在等待，等待一位跟他約好的大老闆，會在那樣的雷雨中，撐傘走出工業區，橫過水珠高彈的大馬路，走進這座偪窄的涼亭裡，跟他談生意。

大卡車，發財車，小轎車，不斷有車輛進出工業區入口的關防。不斷有人轉頭，饒富興味地打量涼亭裡的他。他端坐著，整理自己的表情，看看自己在涼亭邊停好、淋著雨的摩托車；看看自己在涼亭欄杆上披好的雨衣；看看自己在石桌上擺好的一大包型錄；盼望著，這樣的井然秩序，可以在濕冷的空氣中繼續維持下去。

他看看手錶。

他重新檢查秩序。

「這也許是個考驗。」他安慰自己。

更久以後他就明白：大老闆不會出現的。他終於明白這座小涼亭的意義是什麼了。他默默收好東西，穿好雨衣，騎摩托車回零件廠。在路上，他不斷回想自己在電話中那些真切的話語，回想自己以為大老闆終於被他說服了，回想電話底下，大老闆用筆頭絮絮敲擊桌面的聲音：篤篤篤篤，篤篤篤篤，篤篤篤篤……。

他回到零件廠，在工廠走廊上臨桌對窗，繼續讀武俠小說。在他頭上，由牆至牆掛著一條鐵絲，鐵絲上掛曬著衣物。在他身後，不斷有人經過，看他在做什麼。「用功喔。」他們拍他的頭，走過去。

「用功喔。」又一個走過去。

「用功喔。」又一個。

「不要拍了，」很久以後他回過神來，抱住頭，調笑說：「我的頭已經很扁了。」他四處望望，走廊上一個同伴也不存，只剩下他腦脖子上熱熱辣辣的感覺。

月亮掛在窗沿下，雨停了。零件廠老闆，一位腆著啤酒肚、滿齒檳榔紅的中年男子，在走廊上喊他：「又躲起來幹什麼？休息了，出來吃西瓜啦。」

他走出長廊，走到一張原木大茶桌前，與同伴們一起圍坐。他抬頭看看闃暗的廠房，數十架機器蓋上塑膠套，進入休眠狀態。一台油漬滿布的電唱機唱著歌——〈像霧像雨又像風〉、〈淚的小花〉、〈難忘初戀情人〉……歌詞在石綿瓦搭成的廠房裡低低響著。廠房外，雨後的夏夜。芭蕉葉鑄著光，綿軟的月光。

「總之拚命做就對了。」老闆突然拍桌子說。他離開月光，回頭，看看一桌子圈坐著的人。那邊是老闆和老闆娘。這邊是一群學徒——他和他的同伴們。對著滿桌瓜皮、酒杯、涼水壺，老闆在用心宣講自己所知的行業學則。「拚命做就對了。」那其實是他惟一能清楚說明的事。老闆娘還在寸量一個合宜的地方，想打斷老闆夾纏的話頭。更遠的地方，老闆身後，老闆的孩子們各自趴伏在一方大會議桌一角，就著微弱的燈光寫回家作業。每當老闆拍桌子、說些重複的話時，孩子們就對彼此使使眼，默默模仿自己的父親，默默瞪視圍坐原木茶桌的他們。

然而，那其實不能怪老闆。老闆是個好人，他明白了。老闆受那些必會聽他說話的人環繞，去日復一日宣講那些他早就說過的事理，要所有學徒仔細記憶他操作機器時的每一個細部動作，因爲「這個很難」；這其實不能怪他。

雨早停了。他們肩上搭著毛巾，各自取下鐵絲上掛曬的衣物，走進長廊底的浴室，一同就著大浴池洗浴。他知道，自己不是惟一一個在路上受挫了、在那場午後的大雷雨中枯坐等待的學徒。不，恐怕還有人正面迎雨，被更粗率的事理所挫敗，但他們都不會說；不知道應該怎麼說，如果那眞的瀕近致命的話。他們那樣就著高窗上的月光，在浴池邊，對自己潑水，一邊輕輕哼著情歌。那在動作中的廠房裡、在老闆噪噪的宣講中，被當作可有可無的背景音低低播放的歌，他們在流離的進出中，居然能夠拼湊記全了。

那樣一首情歌。

在那樣末日的洗浴裡。

篤篤篤篤，篤篤篤篤，時間競走著。他回想自己像陷進流沙一般，緊抓著電話，急切地想要說服大老闆。篤篤篤篤，篤篤篤篤，氣氛一下鬆弛了。好吧，大老闆說。大老闆柔聲細語地說就約在那座涼亭裡談吧。怕他找不到，大老闆甚且詳盡描述那座涼亭的樣子。我忙，可能會遲到，但不見不散，大老闆彬彬有禮地說。謝謝。謝謝。大老闆掛掉電話。

他極力想像掛掉電話後，大老闆舉起那枝不斷在桌面捶擂的筆，接下來，會做什麼。他會去責怪那個隨便將電話轉給他的秘書嗎？不，不值得發這種脾氣。大老闆會繼續翻開文件，繼續默默批改著。

這個我也明白了。他潑著水，哼著情歌，想著。

他明白大老闆以這樣柔曲迂迴的方式，在教導他什麼了。那比任何正襟危坐的聽講都還有效率；他恐怕數十年都不會遺忘當他發現一切時那種腦脖子上熱辣辣的感覺。即使是在睡夢中。

我明白了。躺在上鋪床板上，在一群睡倒的學徒同伴們身旁，他說我明白了——零件廠老闆，是一個好人，但那位大老闆，才是一個了不起的人。大老闆能在那樣的靜默中，在柔曲的言談中，讓許多人不得安眠，那樣一下子就對你證明了言語的效益，把你捏活，讓你自己全明白過來。

十五六七歲的學徒他，在同伴們東歪西倒的鼾眠中，獨自醒覺著。他突然聽懂了自己拼湊記起的情歌，那歌詞一點都不模糊、一點也不複雜，它們其實還太簡單了。要好好計畫，要好好把事情搞清楚。他紅著眼，跳下床鋪，赤腳踏在冰冷的地板上。他摸到自己的行李旁，把一堆租來的書掃到一邊，「這些東西一點用也沒有。」他想著。

他找出一枝原子筆、一張白紙，跑到長廊的公用木桌前坐下。

在月光下，在如今濕淋淋滴著水的一排衣物下，他獨自籌謀著。

在紙上，他寫下自己的名字。寫下自己的出生年月日。水滴穿紙，字跡在幽暗的光影中濡濕。他想，這些我都知道了——我寫下的就是我能掌握的。他繼續走著筆。他覺得自己不能再像那些同伴們一樣了，他要在這數日子待兵役、吃西瓜喝涼水聽好人訓話、可有可無的學徒生涯裡，開始把自己準備好。要準備好。在那溫熱滿溢的視線底，他看見自己的手抽抖著。他必須用全身的力氣，才能把筆扶穩，在水中滑行。「我有錯誤。我有缺點。」他亢奮又疼惜地想著。「我的錯誤、我的缺點就是……」他走著筆，一一羅列，不斷記下來；寫在紙上；寫在水上；寫在桌面上。

等著吧。等著吧。等我都寫下來，都掌握住了，等我把自己準備好，我一定能夠去面對、去抵禦那些遠大於等待的沉傷；他想著。他記憶著。

「是啊，這些我也都懂得的喔。」母親默默這樣說。她對眼前這位陌生男人，這個可以評判自己是否夠資格重回人群、可以給她一個工作的人類，默默這樣說。

她面對他，想好好地，把臉上的笑容傳給他。

整山村惟一一家工廠，如今是一家煞車皮工廠。有生以來從未見過煞車皮的母親，坐在濕冷的辦公樓裡，面對一個陌生人，卻以為自己遇到了親人；必然能夠理解她的，她的親人

——學徒他。

她沒有發覺自己是惟一還留在原地的人。

她沒有發覺：不必太久，不過七八九十年後，學徒他，就會穿著卡其短衫、西裝褲，開著大公司或國營大廠的公務車，那樣一路開過他自小看慣，如今愈看愈覺得索然與可惜的荒蕪田野，一路向前奔去。

短衫胸口的口袋裡，他搋著一包菸。他自己不抽菸，但從第一天考進大公司大廠裡上班開始，他就不忘在胸口預備一包菸，在西裝褲袋裡預備一只防風功能極好、但長相尋常的打火機。

公務車上，他載著，比方說，就載著幾桶滿裝的瓦斯桶；那是大公司大廠給他的福利。在這個假日，他開著公務車，來會他將來的岳母，順便找他將來的妻子約會。

那些破落零寥的田野之家啊，他不無疼惜地想著。在那樣一個假日裡，女的，婆媳姑嫂，一律坐在三合院落的大門口，面對庭埕，穿塑膠花、做家庭代工。男的分三種人——孩子們在臭水溝裡摸寶，在雜貨店後張尋著空汽水瓶，湊到嘴裡，舔幾口汽水或雨水。老人們捲起褲管，在大樹下搋襠蹺腳賭四色牌，不時對丟幾句村罵。至於孩子與老人中間的，啊，那些年輕人，那是比較雜蕪撩亂的一種人。他們或者白著臉，惶惶躲在自己的角落，對著某種自己才懂的東西發楞，鎮日不發一語。或者，他們根本已經半身走離了。他們失魂落魄，你看他們在這裡，但他們事實上不在這裡。你以爲他們不在這裡，但事實上他們已經又回來了。

永遠永遠，他想，不要認眞理會這類人——如果你不是在孩提時代就熟悉他，那麼你最好等到他老時再認識他。否則，在幾句招呼之語、在幾場酒宴後，你永遠不知道他會不會突然鬆開一根緊繃的神經，突然變得熱絡而饒舌。

「給你看個東西。」他這樣親暱地對你說。

他回身，搬出什麼東西，扔到你面前，要你看。

你看見一具屍體。你問：「你怎麼隨身攜帶一具屍體？」

他搔搔頭，滿臉不好意思，他說：「還不夠好，我知道，我還在琢磨。」

他還在琢磨。他想把一具屍體琢磨出光，那樣屈膝握拳，像漂浮的嬰孩那樣浴光重生。

「不是，我意思是……」你說。

他打斷你。他回到自己的思緒裡，用冗長的沉默打斷你。

「喔，我懂了，」你說：「你在開玩笑。」對，你想，這是一個玩笑——他是在諧擬某種母親的姿態。

沉默。他搖搖頭，收回他的屍體。他說：「你知道，我對人類向來是充滿失望的。」

那是什麼意思？你想。你以爲只有疲累的太空人才會這樣說話。他們，比方說，他們藉由各種資料熟悉冥王星了，有朝一日，他們眞的長途跋涉、親身登陸冥王星，只看一眼，他們說：「我對冥王星眞是充滿失望。」那樣的語言。那樣糅雜自傲和自棄的一種語言。他們，這些雜蕪撩亂登陸在你面前的人，都習慣使用這種太空人式的語言。「你看，跟我想的完全一樣吧。」他們還會回頭，對身上背著的屍體這樣報告。

他們眞像充滿記憶的野蠻人，再新再開闊的世界，他們都能一眼看盡。眞的眞的，只好等到他們老了。等到他們老得跟枯屍一樣，當他們再在你面前丟屍體，你就一點不感到奇怪了。

他開著公務車行過那些田野，車上載著瓦斯桶，口袋揣著打火機。他將來的妻舅，總冷嘲著，稱他作「軍火商」。隨他叫去，他想——我曾經是野蠻人，但我現在是軍火商，而你還是野蠻人，你猜最後誰會站著？他要一路大鳴喇叭，風風火火衝進三合院落的庭埕，他要那些耳語揮散開來，那些最後一定會傳回他耳裡的耳語。他要他將來的岳母，那樣驕傲又哀矜地對著那些婆媳姑嫂說：「公務車專程給我們家送瓦斯來呢。」讓她們那樣傳去。讓他們傳去。

他來找她，他將來的妻，赴一場排定好的約會。他提著公事包，帶上她的手，在那個假日，他們一同在大馬路上散步。走一段，過馬路，再從另一邊走回來。「戀愛喔。」一個路過的野孩子嘲他們喊。

「戀愛喔。」又一個路過。

「戀愛喔。」又一個。

羨慕吧？他想，他們就是在戀愛。他停下腳步，得意地對她說：「送妳一個禮物。」他從公事包拿出一個小瓶子，交給她。她拿著細看，不解。

「潤滑油。」他說。

她不解。

「公司新產品，」他說：「給車子引擎用的。」

「喔，」她訥訥說：「謝謝。可是我們家沒有車。」

「會有的，會有的。」他說。他說會有的。

她看著他，無語。

「我先幫妳保管。」

「喔，好。」

他收回瓶子，仔細在公事包裡放好，再帶上她的手，繼續在大馬路上約會。

厚實的土地，厚實的大馬路，厚實的兩人相偕的步伐。他低低哼著情歌，他相信她會懂的——她會明白他與她那些父執輩、兄弟輩已經是多麼徹底不同。曾經，他也是野蠻人的一員，但現在，他已經重生了。現在，就這樣閒閒走著時，他就能預想將來，而那將來，因為太光太亮的緣故，他兩眼幾乎溢出淚來。他忍著淚，獨自愉快地忍著淚。如今再去回想那些熬夜加班、熬夜苦讀，那些和窗外第一道晨光像兩頭狼犬對面覷視的苦熬日子，他認為自己還沒有完全通過那些試煉，但已經開始在懷念那些試煉了。

那樣的日子，那樣又過了好多年，他終於能夠告別逢人示惠、為人謀畫的學徒生涯；終於能夠在往來無數次的荒蕪田地上，不再遷徙，定居下來，造出圍籬、造出洋房、造出花圃、造出犬舍，安放他的妻，讓她養花、練狗，有事忙；讓她在牆垣的保護下，無需應付那些不時想衝進門來的鄰人。啊，那些向晚的滑著枴杖的專嚼舌根的零餘老婦們。這樣在初老之時，他猶保持一身幹練。在這樣的二月寒雨中，他上要應付好幾名老穿白襪配黑皮鞋、總搞不清楚狀況的股東們，下要調度一整個煞車皮工廠。他這樣忙忙碌碌，抽不出空歇個手喝口水，然而，一抬頭他就看見她。

她那樣裹著傷、攜著顯然是在工廠門口雜貨店臨時買的禮盒。那樣靜靜坐在他面前，對著他微笑，長達一世紀之久。

她的頭髮是新燙的。她的運動服上居然有摺線，好像軍裝。她的傘還那樣自顧自到處淌水。他想著。

他看著江的母親，像看著一隻迷路的傻候鳥。「妳要什麼呢？」他想著——在這樣的時節，妳以爲自己能謀得什麼呢？先前妳都跑哪去了呢？他皺皺眉。而她還對他笑，彷彿他是她認識的什麼人；彷彿他就是她的親弟弟。她不知道，他自己的親姊姊，他都已老久不跟她聯絡了。

她還對他笑著。他突然意識到，如果他不出聲、不做點什麼，她恐怕會這樣一直笑下去。她還會跟他回家，一路不斷對著他笑。在家裡，當他與妻與子吃晚飯時，她會站在他的餐桌上，不斷對著他笑。當他戴上睡帽，在浴室裡刷牙時，她會蹲在他的馬桶蓋上，對著他笑。當他在作夢時，她會在他夢中……他歎口氣。他把筆一拋，空出手，向後一躺。他的視線滑過桌面，檢查流程。

檯燈。菸灰缸。菸盒。防風打火機。眼鏡盒。一堆紙。手錶。電話。電腦鍵盤。又一堆紙。他抬頭，越過她，看遠處牆上的鐘；看滿辦公室的人影。他收回視線，看自己剛剛拋下的筆，遲疑著，有股衝動，想要撿回筆，開始把桌面篤篤敲響。

他放棄。他擺擺手，露出笑臉，對她打一個訊號。

「好吧，」他想：「那我們就來看看——妳可以給我什麼？」

「妳可以給我什麼？」在那間辦公室裡，他用微笑，用手勢，用沉默，向她提出這個問題。她知道自己必須說話、必須回應。她拉拉左耳。那是她自小養成的習慣——每當她困窘時、生氣時、高興時、悲傷時，她會先伸出左手，拉拉左耳，這樣提醒自己，把複雜難說的事，濃縮成寒簡的短句；或者，把再簡單不過的事，拉長拉緩成漫無邊際的話語。她總想安慰人，但面對這樣一個微笑著靜待她的人，她突然不知道應該怎麼開口。

雨仍下著。傘都風乾了，但雨還下著。

「快想。」她對自己說。但，究竟應該如何開始呢？她想著——因爲我其實什麼都記得喔。她記得，在後山聚落，她自小成長的地方，一群早被放生的鴿子，帶著牠們的後代，縮脖子、靠翼翅，圈圍住屋頂平台的護欄，不肯遠颺。「牢籠都壞朽了，那個人類都走了，你們卻還不肯離開嗎？」她拉拉左耳，苦笑著，這樣對牠們說。她站在樓梯口，看著一片水湖漫過所有人的屋頂。樓房老了，晴時龜裂，雨時漏水，於是不分晴雨，他們總在屋頂積滿水，讓水去滲透、去凝抓所有孔隙。

那樣先灌淋自己，以此靜靜抵禦一場場寒雨的一處居所。

她走下樓。那天，她一個人回後山，尋找黑嘴。黑嘴在她出嫁那天，一路追著迎親的車駕，隨她遷徙、定居在山村。後來牠老了——牠在後山比她年輕，卻在山村比她先老——牠昏頭昏腦靠著車輪取暖，結果給壓殘了。她想著：牠會不會那樣一路強挺著，爬回後山來。

她沒有找到牠。她沒有告訴她的父親母親，她回來找牠。她花大半天幫他們打掃廚房，把大灶上一汪不知放了多久的綠色油水，把水槽裡的碗筷，把冰箱裡亂堆的菜渣都清乾淨。她甩著濕淋淋的手，走到客廳，默默看著他們。

她的父親，坐在一張小板凳上，身邊圍著一大堆木條。父親不時抽出幾根，量比著，鋸著、釘著，忙得滿頭大汗，不時重來。她看了半天，弄不明白他想製造什麼。

「你這樣量，」她對父親說：「釘上去一定不夠長。」

「妳不要管。」父親說。

在她身邊，母親對她說：「他想釘一個……」

「妳閉嘴。」父親轉頭，打斷她的話。

父親豎高的衣領掀下，脖子上露出一道傷。

「你脖子怎麼了？」她問。

父親不說話。

「他跟人打架，被刀殺到。」母親說。

「跟誰？」

「隔壁的。」

她想著隔壁到底還住著誰。「你幾歲人了還跟人起腳動手的？」她問父親。

父親不說話，咚咚敲響鐵鎚。

「又喝醉了對吧？」她說：「好吧，多殺幾刀你才知道怕。」

父親仰頭深吸一口氣，搬木條移板凳，踱進內室裡。

她抬頭，看著壁癌沿水路，在屋頂竄生。

「流很多血喔。隔壁的叫救護車。」母親抓抓她，對她說。

「嗯。」她說。

壁癌停在牆上一根鐵釘底，那裡，掛著父親的漁夫帽。她想像父親每天取下那個帽子，戴上，豎起衣領，在雨中走著的樣子。她想像有一天，當父親取下帽子時，鐵釘也掉了；從那個鐵釘孔，沖出一道強大的水柱，整排樓房像崩塌的水壩一樣就地瓦解。那時，父親光著頭，手拿漁夫帽，隔壁的鄰居手拿水果刀，和一顆切到一半的柳丁。他們張口無言，在廢墟中，濕淋淋地、訥訥地對看彼此。

她笑了。「沒事了，」她安慰母親：「沒事了。」

能否這樣告訴眼前的陌生經理，她想著，她能否開口說——那個時候啊，因爲如此這般，所以我那愛美的父親給水柱沖丟了頭髮；他用十幾年砌成的樓屋，用另外更長的幾十年細心呵護的一根根髮喔。

你看，時間過盡，他如今一無所有，站在一片廢墟上。

「不，不能這樣說，他不會懂的。」她想。或者，這個關於逃跑的故事如何呢？嗯，事情是這樣的：事情是，就在這附近，住著一個失怙失恃的孤魂，名叫「鬼伯」。有天傍晚，鬼伯被人抓去大醫院開刀，被取走身上一環母親的手尾錢，再被送回家去。隔天清早，腰上還纏著繃帶的鬼伯，背著一台冰箱，螞蟻一般，走出自家矮屋，走下田中小徑。

「阿伯，你這樣是要去哪裡啊？」小徑上，有人問他。

鬼伯說我要搬冰箱去臨海小街賣掉，把銅板換回來。

「賣？」那人看看臨海小街所在的遠方，看看鬼伯，看看鬼伯身上的舊冰箱，「賣給誰？」那人問。

鬼伯說有人會買的；有錢人會買的。

那人搞懂了。他說阿伯現在家家戶戶都有冰箱，冰箱已經不稀罕了喔。你不信，來，我帶你去我家看。

鬼伯說不要不要，不好意思打擾。

那人說來吧來吧，不騙你，你看了就知道。那人走到鬼伯身後，幫捧著冰箱，一路推著鬼伯走回他家。

鬼伯把冰箱寄存在門口，進屋了。自成年以後從來沒有進過他人家裡的鬼伯，一進屋，只看一眼，眞的只看一眼光潔泛亮的屋內，也就全明白了。

鬼伯背起他母親從來珍視的冰箱，回身就跑。

鬼伯跑得飛快。

「阿伯，你這樣是要去哪裡？」

「阿伯，你這樣是要……」

「阿伯，你……」

不同人，不斷問鬼伯同一個問題，但他們的話語，都被風給輾散了。

「快跑啊。」鬼伯不斷對自己喊，那樣不敢稍停，背著海向世界深處逃去。

「快跑啊，」鬼伯說：「到處都變成醫院了。」

到處都變成醫院了。嗯，所以我回我的醫院來了；請重新給我一份工作吧。

「可以這樣說嗎？」她拉拉左耳，想著。

不，不能這樣說。等了那麼久，到了可以開口說話時，居然無話可說了。

那年，母親滿四十五歲了，初初明白自己在別人眼裡，是什麼樣子。一切於是變得如此艱辛——她其實知道自己應該說些什麼；就像她明白自己一定得涉過那些字句，才能把，比方說，一個小小的紅包，送達別人手上。她明白那些的。永遠永遠，必須在施與時悲柔而自憐。必須在索求時悲柔而自憐。當他們挫敗而滿路奔亡時。當他們成功且正襟危坐時。

那一片刻，那眞的像是騰空飛起，去預先想念自己。去一一檢視過往四十五個年歲。去看出那些必然的殘缺。去把它們一一救起，惜惘地捧著，重新安置在一個初始的、空洞的字詞裡。以這樣可以爲人諒解的方式，重新降落、重新匿入人群中。

「來不及了，快想。」她催促自己——那很容易、一點無傷的，對吧？那甚至可能是快樂的。「但那不能是眞正致命的。」不，不能是這樣的。她必須得到他的理解，讓他原諒她姍姍來遲，同時證明自己猶能賣命工作。

她遺憾自己去整燙了頭髮。她慶幸自己身上纏著繃帶。一切聲息都平靜了，連空氣都在等待她開口，等她親身涉過一個悲傷而殘破的，關於自己的故事。

她開始了。她發出一個足以推動一切的聲響。

她說：「我……」

那之後，一切就順遂多了。

那不到一天，那甚至未過中午；煞車皮工廠新員工，江的母親，打一把黑傘，提一盒禮餅，獨自走出工廠廠區。她走過雜貨店，走上田中小徑、產業道路，慢慢走回家。沒有人在等她。她縮回沙發，躲進薄被裡，看著沒有畫面的電視。她打開禮餅，當午餐吃。

「啊，他原來想釘一個畫架。」很久以後，她突然明白了。她明白她父親那樣忙得滿頭大汗，究竟是想製造什麼了——他想釘一個畫架。

時間散盡，他猶想重新釘一個畫架給自己。

後山聚落，雨中的樓屋。她父親獨自住在二樓，她母親獨自住在一樓；晚年之時，他們不對彼此說話。他們一個愈來愈像鳥，一個愈來愈像獸。她想起自己回去尋找黑嘴，但黑嘴不在那裡。她突然明白，如果一個執念，居然是能跨過好幾個生命，遺傳下去——就像好黑嘴和牠們那些好祖先一樣；牠們像各自在海面上漂搖的小船，都能接受、都能理解從闃暗的遠處傳來的信息——那麼她不知道：啓始於一幅不存在的空畫布的，她的漂搖親人，他們共同的執念，若有的話，會是什麼？

她去想像；她無能爲力地想像自己的父親，坐在闃黑的廳堂裡，顫巍巍伸出手，就著不平不穩的畫架，去畫一幅畫。一幅他一筆、一刀，構思了近五十年的畫。「我可以落筆了嗎？」他猶疑著，對自己呼喊：「我眞的可以落筆了嗎？」

屋外，有人出生，有人死去。但那太漫長、太靜默、太鬼祟、太猥瑣了，沒有人會願意相信：他原來還在一場戰爭裡。

母親心中，浮現一個念頭；那樣確切，好像一開始就在了。如果可能的話，如果眞的可能的話，母親想回去那天——她父親初次爬到她母親身上的當天——去像一個到處撒錢的暴發戶那樣，在海岸、在山頂、在田野、在吊橋、在草地、在房外、在房裡，沿途空拋一百幅空白的畫布，讓她那年輕的父親隨地取用。也許這樣，那些能決定誰該得救的神鬼，就會饒了她，把她放回她原來該在的地方。

二月，天雨，攝氏十一度。

無論那原來該是在哪裡，母親確信，那都無法像現在這般冰冷。

十一年後，當他最後一次由大城返回山村時，在家門口，他看見她還仍裹著薄被，縮在沙發上。

那是一月裡的一個星期天。天色大亮，城市放晴。他坐在陽台上，全程觀看洪瀑般的暴雨，驟然毆擊一座城市，又驟然隱匿無蹤。眼前的空氣突然澄澈，遠近每一片屋頂發散著光。陽台下，早市的人聲開始稀稀落落響起。甚至，天際線外，居然也有不明的鳥在悠哉啼叫。他低頭，把身邊一尊貓的骨灰罈，小心翼翼收進旅行袋裡，提起旅行袋，走下樓。

午前，他在省、縣道的交會處下長途公車。

他去臨海小街上的麵包店買一盒蛋糕，搶搭計程車，回到山村去。一入山就又下雨，下著綿遠而彷彿無望停止的細雨。他在雨中、在山村廠區前下計程車，慢慢穿過田中小徑、橫過廢棄的產業道路走回家。

他卸下背包，把蛋糕提到飯桌上。

「嘿，今天妳生日，請妳吃蛋糕。」他對她說。

喔——她問——我幾歲了？

「滿五十六了。」

喔。

「妳有什麼心願啊？」

她坐到飯桌前，想了想。她許願要記得所有的英文字母，因爲煞車皮工廠的煞車皮料號，規矩是英文字母領頭跑——什麼「K95」、「H95」還是「M95」的——她每次去搬貨時總鬧不清楚，白白惹人訕笑。

他聽了，問她：「妳不是已經在煞車皮工廠做了，多久？十一年了吧？」

差不多，怎樣？

他搖搖頭，說：「不怎麼樣。」

他去撕一張日曆紙，坐下，寫好英文字母，用注音符號註明發音，說明幾遍，交她背去。

隔著飯桌，他問她：「妳不是說再過兩年就退了嗎？」

她抬頭，龜聲說，兩年是一段很長的「歲月」。

他笑了。「妳學問眞好。」他說。

你講話小心，她說，今天我「誕辰」。

「那妳還記得嗎？」他問：「煞車皮工廠本來是塑料工廠。」

廢話，怎麼會忘？

他又問：「那妳還記得嗎……」

她不耐煩了。她伸出左手，拉拉左耳，告訴他說你不要亂了，你腦袋有問題，記住的總之都不是我想聽的。

他楞了楞，說那好吧我不吵妳用功。

他呆坐著，看她對著一張日曆紙喃喃自唸，一邊默默在心裡運算兩則數學問題。第一則很精簡：他發現她疑似被人取笑了十一年，可是一次也沒對他說起。第二則也很精簡，他在想：對做了近三十年女工的她而言，兩年如何所以「是一段很長的歲月」。

兩則都很精簡，擺在一起時，卻很怪異地，變成一道不易解的難題。

那時常是他對她的感覺。

「寫一個字。」對面，她又開口說話了。

「嗯？」他說。

她翻蓋手上的紙說：「我背完了，你隨便寫一個字，我來認。」

他又撕下一張日曆紙，提起筆，想了想。他在紙上畫了個大大的「A」，拿起來，讓她指認。

她看著。時間靜靜流失了，靜靜地，彷彿已過了她將所有字母全數記下那麼久了。不，已經比那還要更久了；在那樣漫長的時間裡，所有字母一個一個通過她腦中，但她指認不出來，無法從口裡發出那個可以定住一切的一個關鍵聲響，最開始的那個聲響。

良久，她拉拉左耳，紅了臉，滿不好意思，笑說：「我忘光了。」

「沒關係。」江放下紙，放下筆，也嘗試笑著，對母親說。

第五章

與貓演習

在最後一次回山村的前夜，江坐在斗室裡，靜聽「他的」街坊，在攤位全數收起的幽暗市街裡，搖著手電筒、爬著樓梯，到處叫喚。他們不煩張貼公告、不勞預先知會，在夜裡，他們緊急動員，挨家挨戶找人，要所有人都出門，去參加一場「防災說明會」。

「快出門喔，所有人都在等了喔。」他們溫和地邀請著。

所有人都在等了。那是一個讓人無法抗拒的好理由。

江熄了燈，掩了窗，坐在書桌前，假裝自己並不在場。書桌一角停駐著貓的骨灰罈。在如常有著夫妻口角與小小鬥毆的市街一夜，江想像所有人走出各自的家門，穿過他慣走的那條馬路，在那處廣場上集合。廣場邊，是一幢舊賣場。那幢舊賣場彷彿日治時代就屹立在那裡。那位年過半百的老闆，慣常一邊在櫃檯後吹著冷氣，一邊盯著監視螢幕，一邊在腦中漂搖著戰時的回憶——如果你去買一個大垃圾桶，他會悲涼地問你：「妳要儲米？」

江知道，江知道；江知道每個人都有自己的難處，就像一頭死去的貓，你想指給別人看，但牠已經穿壁無蹤，不再回來。

江明白，他真正的災難，是他自己。

回到山村後，江仍把貓的骨灰罈，放在書桌一角，他每天坐在桌前，與它對望。他無法將它藏起，當作一個秘密；因爲在多年以後，它已經自動虛弱得像是一則秘密了。

事實只是：曾經，在那座偌大的城市裡，死了一隻流浪貓。

事情發生在那家獸醫院，最裡面的那間房間。那是一間儲藏室，裡面堆放飼料、藥品、空籠子。那是一間拘留室，寄養的、生病住院的各種寵物，都在一面籠牆裡住著。那還是一間停屍間；他們把死去的動物，裝在木箱裡，擺在房裡正中央一張舊木桌上，等待人來，做最後確認。

那是一個傍晚。江手插口袋，獨自待在那裡，看貓靜靜側躺在木箱裡。江不知道他們是怎麼做到的——他們一定有什麼特別的技術，可以讓死去的貓軟軟垂閉雙眼，身體屈成一個完美的弧形。

江剛剛在一張紙上簽了名，那意謂隔天此時，江將最後一次回到這裡，領取一尊貓的骨灰罈。

在那間房裡，隔窗望去，江望見一段死巷。死巷鄰接他人的廚房，在那個傍晚，他人繼續各自的時間，升起各自的爐火。另一邊，透過重重隔隔的玻璃，江覷透好幾個無聲的房間，人們也在各自忙碌著。

突然之間，好像大家都約好了似地，一起轉身跑開了，只留下江一個人在這間房裡，聽著一牆的狗狂吠，看著木箱裡的貓。

他們大概以爲，江會需要一段時間，待在這間房裡獨自啜泣吧。

江試了一下，但哭不出來。他有點抱歉地看著貓，有點抱歉地隔著玻璃，看看大家。

「嘿，」江對貓說：「我們被留在這裡了。」

嘿，在視角漸大的世界裡死去，是什麼感覺？江想問牠。

江是在小巷裡找到貓的。江看著牠，在一輛小貨車底，偏著頭，大張雙眼，不斷轉著圈。累極時，牠會咕咚倒下，喘息著，但不片刻，牠又掙扎站起，繼續打轉。

江蹲下觀察一會，確定牠是一隻盲貓。

江轉頭看看小巷，如常的大城一日，巷口不時堵著錯身不過的車輛。小巷一邊是大樓地下停車場的出入口，另一邊是圍起的施工圍籬。人們在拆除舊房舍，要改建成收費式露天停車場。

「我幫你看過了，」江對貓說：「沒什麼不同喔，你在，簡單說，你還在一片連屋通街的巨大停車場裡的，一輛違規停車的小貨車底下。」

小巷底，連接一道更窄的防火巷，穿出防火巷，人們會撞進一條吃食街裡。

江曾在那條防火巷裡，看見兩個熟人對面相逢，打招呼。

「去哪？」一個人問。

「去吃。」另一個人答。

他不說「去吃飯」、「去吃碗麵」、「去吃點東西」，他說，「去吃」。那多像兩匹好馬兒在大草原上相逢，各自立定，任碩肥的野草搔著膘腹，撒歡唱諾：「去吃」、「去喝」、「去跑」、「去生」，那樣地光亮舒快。

「所以，貓咪，你繼續打轉吧，寄食蟲我，現在也要去吃了。」

江蹲著不動，看著那隻盲貓。

從巷口晃進一個提著公事包的男人。男人站到江身後，隨他的視線看向小貨車底。

「三色貓，母的。」男人說。

江抬頭看向男人。

「三色貓百分之九十九是母的。」男人補充說。

說完，男人撓著公事包，彎進防火巷裡。

「好極了，」江目送男人，對貓說：「好極了。」貓咪，現在你——喔，對不起，是「妳」——現在妳的性別已經被鑑定出來了；妳看，這個世界很不簡單吧，如果妳繼續打轉下去，說不定我就會完全知道妳的身世了。

江站起身，四處望望，跑出巷口，回他的斗室裡找出一個紙箱。江把貓抱出小貨車底，放進紙箱裡，把紙箱擠進停在巷裡的摩托車踏板上。江發動摩托車。貓空張著眼，蹭著紙箱，一邊打轉，一邊撒了一泡尿。

江抬眼望向巷口，正午的陽光吃掉所有事物的影子。

「貓咪。猜三次——猜我們現在要去哪裡？」江說。

「啊？」江看看貓。對了，眞聰明，一次就猜對了；我們現在要去的地方，就叫「醫院」。

從那天起，有無數次，江從斗室裡抱出貓，騎摩托車，載貓去看獸醫。

江當時的斗室，原先是房東家的廚房。斗室裡，挨擠著一字排開，有水槽、料理檯，還有一個原先用來杵放瓦斯桶的坑洞。每天晚上，江躺在鐵床上，盯著那黑黑的坑洞直瞧。看著斑蚊、蜘蛛，還有一些他怎麼也叫不出名字的昆蟲弟兄，在裡面競逐牠們不被理解的宇宙。

在那樣江並不理解的宇宙左近，江每晚都失眠。

總在天未亮時，江會出門，走進一所大學裡，坐在大學裡的一口人工湖邊，呆看黑夜。湖水總也平靜無語。在某個特定的時刻，大學裡某個不知設在何處的定時器，會將環湖的路燈全數切熄。江抬起頭，仰望遠處枝椏，會看見每次程度不一的熹微透露過來——夏令時暈紅一點，冬令時，則蒼白一些。然而，無論熹微程度如何，當江收回視線，平視湖面時，江總會看見林子裡、小徑上、臨湖的騎樓底下，任一處有光無光的所在，到處都擠滿了老去程度不一的人們。

老人家們做著種種奇特的舉動——有人拚命用背撞一棵樹；有人坐在欄杆上猛擊自己的膝蓋；有人半蹲著像要褪皮的蛇一樣雙掌狂磨自己的臉；有人扳胳膊；有人縮肚皮；有人腿架在鐵椅上；有人赤腳來來回回在一道鋪滿碎石的小路上奔跑。江低頭離開，暗自發誓一定要分明記清這沒有人喊痛的地方。但江每次都失敗。一走回斗室，他就倒地不醒，什麼都不想記得了。

只是，一無例外地總在午前，當斗室醒過來時，江也會跟著醒過來。他張開眼，看見四牆乳白色的方形磁磚，從接隙處排出黏濁的汗，那就像一名在廚房裡做菜做了一輩子的廚師，魂魄依舊牽留斗室裡，日日煎煮著空氣一般。江彼時擁有兩扇窗了。其中一扇，貼近隔壁一幢二十層高的大樓，每日午前，大樓的冷卻系統轟一聲由頂至底發散熱靄，那像一聲感歎。

「大家都出門了啊。」大樓像在這樣說。

江於是起身，拿起一條大浴巾，撿回他的救援行動。在貓沙盆裡、在貓提籠裡、在瓦斯坑洞裡，在混亂的斗室裡任何一個可能隱蔽的所在，江在大城五樓的高度，到處覓捕那隻被他關起來的流浪貓。

「三色貓，去醫院了。」他呼喚著。

江找到貓了。貓蹲在一堆書後面，警戒地盯著江。貓的眼睛已經稍能視物了。無數次就醫，牠被無數枝針筒、無數袋點滴注射進大量的液體，所以牠現在看起來，像一只活的水袋。江雙手張開大浴巾，逼向這只水袋。江要用浴巾擒住牠，以防被牠咬傷。江要把這只總是全力抵抗的水袋抱進提籠裡，送去就醫，直到那位獸醫宣告這只水袋好啦已經是隻健康的貓了。

江騎著摩托車，車踏板放著貓提籠。晴天雨天，午後傍晚，他揚揚長長穿梭過一片街區的各式光影，去到獸醫院，再穿梭過同一片街區，騎回來。貓蹲在提籠裡，始終戒備著。江懷疑，牠會不會也想著——我滾進迷宮了，在我張眼能夠識物時，我就已經陷在這往往返返永無終止的迷宮裡了。然後是這個人類，他還把那條大浴巾仔細摺好收進行李箱裡，他以爲自己在做什麼？我們難道是要去海邊玩嗎？他知不知道，寒潮在我體內，當那些藥液在我的血管裡流竄時，我別無去路只能用自己的體溫慢慢溫熱它們呢？

獸醫院的診療檯靠著玻璃窗。窗內的房間，天花板上掛滿了燈，燈下擺著一張空空的鐵床；那是獸醫院的手術室。手術室再過去的房間，隔著玻璃，江看見好幾隻貓、狗，由人架著，在剃毛、修趾甲；那是獸醫院的美容室。美容室再過去，最裡面，是那間江當時看不清是用來做什麼的房間。

狹長的、隧道一般的獸醫院。江在想這樣的房間配置是什麼道理——結果，每隻高高興興來美容的好貓好狗，都必須路過手術室。

「看樣子是病毒感染的關係。」獸醫突然說話。

「嗯？」江說。

「病毒感染，侵入牠的中樞神經，破壞牠的平衡感，所以牠會一直轉圈圈，眼睛也看不見。」

「嗯。所以……」

「是什麼病毒要再化驗。不過看樣子，應該救得活；不過，眼睛大概治不好。」

「啊?什麼意思?」

江一下子陷入事態嚴重性的位階次序中，弄不明白獸醫的意思。怎麼會，江想，怎麼會你連牠的命都救得活，卻沒辦法讓牠恢復視力?在同一場疾病中，你可以擺平看不見的、眞正致命的環節，卻治不好一雙任誰都知道長在哪的眼睛?好奇怪。

好奇怪的房間配置。好奇怪的醫術發展。好奇怪的世界。

最最奇怪的是：獸醫的話原來一開始就說反了;在無數次看診、無數管針藥後，獸醫治好了貓的眼睛，只是，貓也死掉了。

好奇怪。

江納罕著，看著屈身在木盒裡的貓。

他看著她，開始想像遺忘。想像在腦海中，每當他想起她時，那如被刷子次次刷淡的畫面。

江首先不會記得在斗室裡，當他倒地不醒，什麼都不想記得時，他會感覺她蹭到他腳邊取暖，然後在一切都醒過來前先起身，跑開，躲藏。

那樣固執的一隻貓。

江不會記得自己曾用乒乓球、童軍繩、絨毛鼠，各式各樣的小道具，測試她的眼睛。

「別玩了。我看見了。」她的表情，總像在這樣說。

江不會記得，曾有一段時間，他眞的相信，有朝一日，她會眞的完全準備好了。那時，他會將她放回那個沒有苦痛的地方。

是啊，在那裡，沒有人會喊痛。那裡的光線冬夏分明；他們早點到，晚點到，像前赴一場會爲期甚久的嘉年華，所以不需要著急。他們那樣把傘藏掛在矮樹叢裡，準備下雨時找出來用。他們那樣拖來自家的桌椅，把樹林布置成廳室。他們還在騎樓柱角貼兩面謎，無論從哪一方走過來，讀到的，是謎題，也是另一方的謎底。他們於是沒有疑惑。他們餵養所有生物。

江想像她在那裡生活的樣子。

江接著不會記得，他不該那樣蠻橫求全的。因爲在那樣的地方生活，帶點殘缺，是自然的、是可以被原諒的。她可以視力不佳，那無傷。

眞的眞的，那比因爲注射過多藥液，以致臟器僵硬，躺在這樣一口木箱裡，躺在這樣一間群狗亂吠的房裡，在她死後還那樣無以阻止地持續脫水、持續在江眼前慢慢變瘦好太多了。

江想像自己終於不會記得，在最後一次重回山村的那天，他打心底願意假設萬事自有一定的道理。萬事，即便是屠宰這項行爲，也會自然演分成夏令與冬令之別。那時，江搬遷到舊市場區三樓的一間斗室裡。每天清晨，會有一位豬肉攤的先生來擺開攤位，開始持刀剁肉骨，那聲音就像剁開江的頭蓋骨一樣，把他喚醒。一年以後江確定了，屠夫先生開剁肉骨的時間，夏天總是四點半，冬天總是五點半。

江會起來，出門，自動坐在陽台上，看天漸漸亮起，早市開始，人群聚來。

一年之中，常常他一睜開眼就會自動找貓，「三色貓，去醫院了。」他這樣說。他一下子想不起來：時間、場所都早被換過了；他的拉長拉緩直到死亡的救援行動，早已經早就宣告結束了。

但他還是找到貓了。在桌上一角，貓挫骨揚灰，被封存在一個凍結般大理石罐裡，似乎所有牠承接過的寒潮，如今才一起向外需索溫度。那天，在他最後一次重回山村的那天，他與它，一起坐在陽台上等天亮。

「三色貓，退回去好嗎？」他還如此悄悄地對石罐說。他說我們不要再去經歷那些。我們要一起快樂地回想起那最明確的、第一次的救援行動。在那條防火巷外，我帶著妳衝出巷口，像衝出一面光亮的大草原；「去吃」、「去喝」、「去跑」、「去生」，「去救援」、「去許諾」，我們會心無旁顧去做理所應爲之事，絲毫不覺有異有愧。

他們衝殺進一家小小的獸醫院，排開候診的貓兒、狗兒、鼠兒、兔兒，和牠們的主人們。「急診。」一位法相莊嚴的獸醫，對著一路鼎沸的聲響說明，安撫著主人們。

獸醫接過他手中一個滲著尿的紙箱，放在診療檯上，輕輕把她抱了出來。

安全了喔，三色貓。他在心裡對她說安全了喔——妳一定會復原的。

那時，他眞的以爲自己輕盈如蝶，重新開啓了時間。

在自信能連這都遺忘前，他會一直帶著貓的骨灰罈。他明白自己。他明白，一直以來，他是如此需要他者生命的殘餘，在自己的心裡，組裝成一場又一場世故的遊戲。

他回到山村了。他走出父親的舊屋，走過樹蔭底。他看見黑嘴不在了、祖母不在了、小貨車們都不在了，連山村的孩子們，也都不再能與他彼此見證了。他於是閉起眼，摸瞎回到叔叔的樓房前。他敲那厚重的窗，他拍那厚重的門，他說偌黑偌壯的阿叔啊借柄鋤和一小片土來我玩玩吧。

「阿叔啊，」他閉眼微笑，在心裡對他說：「阿叔啊，你半個母親的雙眼留在我心中，日日瞪視目盲的我。」

他荷著鋤，哼著歌，去叔叔劃給他的一方廢地，去那裡掘一口水塘。

世界也瞎了。他放下鋤，盤腿坐在土地上，拍拍手，看山脊啃去太陽。

置身在田野之上——眞正一屁股坐在泥土地上，倚著一塊沉鐵、一根朽木，看夕陽落盡，原來是這樣的感覺。

他也想起身，也想滿地奔跑了。

他想起身奔跑，但他坐著不動。連番薯都能種死的廢農他，與一地奄奄一息的他的作物共坐著。因爲他的微小，因爲他的枯槁，他終於能夠棄時間如遺，他會驕傲地說：他知道各處遠方確切的名稱，他於是與世上第一個行使農耕的人類，有著小小的不同。

小小的不同，一代一代，歷史想必就是這樣不斷前進，或者倒退的。

亙古以來，時間想必就是這樣顳頇了小小幾步的。

江讓往後的日子平順暈開。

寄居在自己「故鄉」的日子裡，江挖了一口水塘，修好了一輛兒童用三輪車、兩輛腳車、一具電風扇、一架除濕機。江在等待，等待那種立家安命的感覺，在他眼前升起。如此，隔著窗，他會與「他的山村」、「他的村人」——如果他能如此僭越地稱呼的話——一起終老下去。

在他沒有發覺的時候，山村史上最長的旱季，持續向前方的日子挺進。他沒有發覺，是因爲他總醒著。他總見山村細雨，做賊一般，在午夜光臨，在天亮前撤去。在雨水散佚在村人乾枯的腳步底後，在一切終於全都無力撼搖的時候，他猶坐在窗前，欣喜地看大樹下，他所擺設的那輛兒童用三輪車，沐著晶晶瑩瑩的水光。他在等待，等待有個孩子會去發現那輛車。當時間依舊運轉而一切還無以被聲張的時候，他的父母將他託給世界，而他將自己託給那輛車，那樣眞正像個孩子，去消磨他自己的時間。

他騎著自己所修復的腳踏車，滿山遍野闖。他期待有天，在他撥卻層層樹叢後，他會遇見他，一個山村過往的老人家，隱匿在荒地深處，兩眼冥茫。他或許猶靠著自己的冰箱；他的腰上或許猶裹著傷；他或許會問江——山村老人總也這樣問——你祖父是誰？江會說，我忘了。

他們約定好不要彼此記憶。他們只是一同坐在樹叢裡，像坐在他們各自獨居的屋裡。他們都是其中一員，他們是那些以屋外的全世界爲邊境，終其一生，日日回去那間小小的熟悉的流放所裡的那些人。他們在自己的僅有的熟悉事景中流放，張看窗外，他們宣稱：可以全心全意別無疑慮地「愛」屋外那一切的人，一定擁有一顆強於常人數百萬倍的心臟。終他們一生，他們長不成那樣的器官。

那一切就眞的只是時間的問題：在他們短促而潦草的一生中，他們學不會，該如何在一個蒼老而滿布亡靈的世界裡，安然地活著。

他於是回去，日日回去父親留下的屋裡，去探視他的母親。在母親哀愁的晚年裡，他以言語、以行動說服她，請她將他當成一個無傷的廢人，如此，在光影散盡的時候，他可以輕輕屏上他的房門，坐在他的書桌前，找出他的廢紙堆。沒有人會回來；沒有人會像游萬忠那樣從故事裡跑回來。他在寫同一行字；重複寫一個相似的句子。唉，又脫皮了，不，不過是漿糊，不過是繃帶，不必悲傷。無法悲傷。那時，就他寥寥記憶所及，那些吸飽雨水的鞋襪，那些枝葉覆滿斑馬蟲的杜鵑花，那頭被輾碎的土狗。鞋印，車軌，血跡。在那一片刻，無數看不見的直線從山村投向遠處那看不見的世界，再從遠處擲回，他眼前開展一串明亮輝煌的光譜，永晝一般。永晝一般，他片刻的錯覺。

他抬眼，看山村賊般的細雨降臨。在父親的屋裡，鼠與蛙開始由各個壁竅裡鑽出。一屋子喧囂。父親所建的屋子，終於如一方小舟，無光影的小舟，在海上傾搖。

彷彿是在海面上，他重新學習與母親相處。在沒有蛇需要他去謀殺的夜裡，母親也會輕輕走到他的書桌前，問他：「你又在幹什麼呀？」

「我還在作夢。」他會說——我還在想辦法安置自己的少年時代。

「好，你繼續作夢吧，我要去睡覺了。」

「好，妳睡吧。」他說。

她要回去她那堆滿藥罐的房間，去躺下，也去作一個他並不理解的夢。在漂搖的光影裡她向他走來。她愈來愈矮、愈來愈瘦，愈看愈像一隻小小的人偶。他望著她，問她：「妳頭髮是不是該整理整理了？」

「咋，」她揮揮手，她說：「我頭髮早就不會長了。」

她頭髮早就不長了；在他眼前，她的頭髮糾結成一團，她的牙齒一根根疏開，那樣終於成了一個他熟悉的山村老人。她揮揮手；她的手勢令他想起雨中的郵差——他們高舉著手，朝各家門口投擲信件；那些封實了、尚未揭露的，但早就已經寫定了的訊息。

他明白，無論那訊息是什麼，他最後必得舉起手迎接。

終於，戴著一頂老舊假髮般的母親又走回來了。她輕輕拿著幾張紙，輕輕告訴他：「把你名字寫上去，我需要一個見證人。」

「怎麼回事？」他問。他展開紙，發現是手術同意書。

母親給他看她左耳後兩顆小小的腫瘤。

他想像由他所在的位置到那幢大醫院的路程；那排掛號櫃檯、那道長廊、那些蜂房般的診療室。他想起，如果那眞是可能的——一員膝蓋以下全部截除的傷兵，夜夜還會回憶起自己腳趾痛癢的感覺，那麼，在母親身旁，當他閉上眼，聞見腐朽的植物氣味，聽見滿耳海濱的低低風響，他的瘋狂，大約尚稱不上是致命的。

他想像母親獨自涉過那一切，而他讓自己理所當然地一點也沒察覺。

他沒有察覺，眼前這個人，有生以來，幾乎從未離開過這片濱海地區；她只在那樣反覆周折的路程中，耗盡自己所有時間。然後，她那樣拉拉左耳，把一切話語濃縮成寒簡的短句，像把千言萬語摺成一封小小的信。

「我需要一個見證人。」她交過信，對自己的兒子，他，這樣簡短地說明。

他想著。

他注視著她。

他對她說：「我知道了。」

第六章

去海邊

他們總在濱海公路邊下公車。他由母親領著，開始走一小時山路。如果，在遠方，他能看見山壁上一塊突起如牛頭的大岩，如果他能看見大岩底下，一間小小的福德祠，他就會看見後山聚落，樓屋靜立在細雨中。

母親帶他回後山了。母親背著背包，背包裡滿裝她所能集結的禮物——一掛麵、一盒雞肉、一件毛衣等等。她牽著她惟一的兒子，走向她父親所建的屋子。總也如此的，她未進門就能看見她，她的猶自不斷抽長的大母親，對著大門獨自靜靜坐著。

孩提時代，大母親住在海邊。她穿著短衫短褲，光著頭頂，照著烈日，在灘上追海潮。那樣開闊、對岸不見人，只有海、永遠只有海的地方。在那裡、在那時，所有呼喊，永遠只能像耳語般輕柔。耳語中，她獨自面海，看一頭擱淺的鯨，側著身軀，橫擋在她眼前。三天後牠還在那裡。五天後牠還在那裡。十五天後牠原地消失了。她又看見海。三十天後有同伴走來，送她一顆晶亮的魚牙，「給妳玩，不可以吞進肚子裡喔。」她聽見同伴在她耳邊提醒她。

她起身，回看她的同伴們。

她看她們一一走入石屋裡，一一走回她們各自的家。

她們一一從此不再走回她身邊。她不明白石屋裡究竟怎麼了。

直到有一天，她也被叫回家了。她也坐進一頂轎，行舟一般晃蕩上田野、上草地、上山區。她明白，她終於也如她們一樣，都「嫁人」去了。

那夜是他們的新婚之夜。她看他用一塊布磨一把刀。他一語不發，滿室於是只存那樣不斷的刻磨聲。最後，他停了，他走向她，爬上她。她砰地躺倒，看他像隻登山的小猴兒那樣爬上她。先是她的頭。再是她的脖子。她的胸乳。他一路滑下她的肚腹。他顫抖著，不斷提醒她：「不要害怕。不要害怕。不要害怕。」

呵呵呵，她笑著。她用被揑住的嘴笑著，她在嘴裡輕柔地告訴他，不要急。

不要急：那些碩大而擱淺的身軀，那些海岸上，持刀靠近的人影，那三天、五天、十五天、三十天後，那想必需要極長極緩的時間才能完全消解，所以不必那樣著急。

她以爲她「嫁人」後，就要消失在這世上了，然而她沒有。她還在。她於是又明白了。她於是繼續進食，就像她在濱海石屋裡常見的那樣——那些孩子、那些青年、那些老者，在一室闃黑中，他們或貼牆、或靠桌，嘴裡吃著，手裡捧著，眼裡望著飯桌。他們到了將死前一夜都會從床榻爬起，熱切地舔著粥盆。

她於是醒時吃著，睡時消化著，做她該做的事，那樣靜心等待著。總也如此的。

隔壁有人正在死去。一位老太太。驗屍的人都被喚來了，子女們都圍上了，但老太太倒抽一口氣，突然在床榻上醒了。老太太病著、痛著，爬不起身，只以滿肚子怨氣，睜著眼、滾著淚，一一辱罵眼前所有人——

「你是一隻蒼蠅，快去茶杯口站著。」

「你手腳都沒長齊，快滾回我的肚子裡來。」

「你，去，開口前先把牙刷一刷……」

那些聲音、那些呼喊，隔著牆、繞過雨，在大母親耳邊輕輕響著。

「呵呵，」大母親笑說：「她餓了。快把粥盆讓給她啊。」

大母親想起身，想去自己的大灶邊找吃食，然而她剛移動腳趾頭，就不小心睡著了。當她再醒來，她看見一個陌生的年輕人，站在廳堂裡，彎著腰，翻揀著櫥櫃。

年輕人有一張白淨而稚氣的臉，一雙未經世事的手。他嘴裡咬著一把刀，在透亮的門窗前、在滿聚人群的牆壁後，神靈一般獨自搜尋著。

「呵呵，」大母親又明白了。她伸出手，對他招了招：「我在這裡啊。」

他轉頭，看見她，嚇了一跳。

他原先以爲她是一架櫥子，沒想到她居然會動。

「我在這裡啊。」她說。

「傻的？」他問自己。

他鎮定了。他拿下刀，兩手交替丟著。他欺向她，而大母親依舊微笑著。

「慢慢來。慢慢來。」她說。

如果有人在那時走回，就像江的母親那樣，從隔鄰的喪禮中走回，他們會一起看見大母親獨自笑著，袒胸露乳坐在廳堂裡。大母親以爲有人終於要來接她走了，然而她還在。母親幫她掩上衣服，坐到她身邊陪伴她。母親輕輕對她說，那個叫「搶劫」，懂吧，以後要大聲呼救，明白嗎？

雨中，母親看見自己的父親，還戴著漁夫帽，還搔腮苦吟著，踱過大門口。他在苦苦回憶把握了良久良久的靈感。糟糕得很，他發現自己就快忘光了——一筆、一筆都早有完整構圖的一幅畫，一刀、一刀在他腦中被消蝕掉。

他有天醒來，發現自己找到那幅空畫布了。

江在雨中的樓屋裡漫遊。江看見外婆又睡著了。江知道外婆醒來後，問他的第一句話會是：「餓了嗎？」外婆總也這樣問。

外婆的聲音，總充盈著光亮的歡愉。

也許，那是因爲她在問一個自覺惟一該問的問題。

也許，偌長的一生，如果都能那樣專注地等待消失，那麼，在這個世界上，就沒有什麼是必須擔憂，必須懼怕的了。

當然，當時的江，並不懂得那些。

開初，在江的祖厝裡。江六歲了。

江張開眼睛、打開耳朵，開始記憶這個世界。

世界骨碌碌轉動，他們如常傳說各種事態——說是南方大地震，熔漿噴上地表十層樓高。說是某位大力士表演卡車過身，結果在熱騰騰的柏油路上被輾成薄餅（「很不好處理啊。」到場的員警表示）。說是在那如常總有突梯災厄的過往一年，島上居民瘋狂交纏，接續降生四十五萬名嬰兒。每個聽說了的人，都歪過頭，想像四十五萬個新生兒在庭埕前列隊呼喊的景象。江的母親回身，拉拉左耳，微笑著，問自己：「該拿什麼養他們呢？」

所有一切，江都不理不睬。江只是專心蹲了一整年。

彼時，在家人共居的祖厝裡，有一道長廊筆直橫亙，被各個房間包圍；雖是家人每天必經的通道，但長廊上沒有窗戶、沒有燈光。長廊邊，貼牆放著一具儲積備用米的大米缸。米缸口壓著一塊木板，和一顆大石頭。江就靠牆蹲著，把耳朵貼在涼涼的米缸上。米缸裡，有幾串芭蕉，那是江的祖父隨手扔進去的。江就靜靜聽著那幾串蕉，等待它們被米給悶黃。

江的父親經過了；母親經過了。叔叔經過了；嬸嬸經過了……誰也沒來打擾江。他們各有各的心思與掛慮，揮著汗，急著出門，投進日子裡。最後，江的祖父祖母一同打起門簾，走出臥房，走進長廊裡。

祖父看看江，拍拍江的頭，對他說：「還早咧。」

人們初見江的祖父祖母，多不相信他們是夫妻。祖父十分乾瘦，祖母則高大而粗壯；兩人齊步走在田埂時，祖父隨時要被擠落水稻田。偏偏，兩人都見事認眞，誰也不肯遷就誰，總像無時無刻不在鬥氣較力。祖父一口氣插三行秧苗不起身，好容易站直，擂擂腰眼，說什麼祖母已經縱十橫十治妥另一塊田，此刻正往家裡趕。祖母在家後院整好的家禽圍籬，祖父也特意踱上前，伸手搖撼，硬要找出不牢靠的關節。日久天長比試下來，總是祖父吃虧的多。祖父氣不過時，看祖母黝黑的團團臉，也只能叨唸幾句歹妻無可馴的村罵，摸摸鼻子走開。這副蕭索頹唐的模樣被人見多了，人們又都打心眼底相信祖父祖母眞是夫妻了——「不然還能是什麼？」

村裡又有人要翻舊厝，起新樓，那是賺現錢的機會。大清早，祖父擎起斗笠，祖母也早在斗笠上加罩頭巾，兩人推擠出臥室，到廚房競食似地各扒一碗粥，搶著出門往工地挑磚。那天，天氣溽熱，出了——祖母心中——草海桐的地域才會有的大太陽。正中午，新樓主人提一鋁壺溫水，一簍瓷碗，喊大家歇息。祖母三步兩步竄下未裝欄杆的樓梯，搶先倒了一碗水，喝將起來。所有人都下樓了，獨不見祖父。祖母於是捧了一碗水，走到樓梯口喊他。

終於，祖父拖著步伐，像要下樓了，但走到樓梯口，又立定不動了。

「幹什麼？快下來啊。」祖母喊。

祖父不語，沉沉呼了一口氣，緩緩坐在樓梯上，瞇眼俯看祖母，頗不耐煩地朝她擺擺手，垂下頭，一手支頤，又不動了。

祖母放下那碗水，走上樓，停在祖父跟前，捧起他的頭，輕拍他的臉，不可置信盯著他瞧。

救護車到時，祖父已經沒氣了。

有人快手快腳在祖厝門口插上竹竿，放了鉛桶。江的兩位姑姑，輪値站在廳堂口，逢人入內就拉著手哭；因著對象，十次有三次硬是嚎成眞的。人們偏過腦袋，尋些套語勸解；話套左了，也沒人在乎，因爲依著場合，十次有十次是終究要勸成眞的。大家於是收了淚，撚香向靈堂。

靈堂上，祖父一雙鬱結的眼睛給放大了，框在相框裡。那是他生平惟一一次捨得上照相館，他也知道，照了的相，是要作遺照使的。耗損的時間與金錢同樣令他快活不起來，於是，在他生平惟一一次照相的機會裡，他雙手撐在膝頭，駝著背，瞠起紅目，一慣正經地瞪進鏡頭裡，像是要問：「完了沒？」靈堂下的人被他這麼一問，忍俊不住，很想像往常一樣，上前拍拍他的肩膀，牽拖幾句風馬牛不相及的笑話。

憋著笑，想起他眞已過去了，趕忙插了香，別過身去，拉拉衣襟，活索活索——「這天氣，眞熱啊——」

背轉過身，親人的頭臉更熱了。掩上門，幾代人搬磚移柱而成的祖厝裡，捧起碗，姑嫂叔伯共爨而食時，免不了要互咬幾句耳語。他們費力轉著心眼，拉住尋常的事頭賦比興。漸漸地，誰對誰都積了一肚子氣，彷彿祖父再不下葬，誰都不能安生了。

這其中，惟有祖母是一語不多說的。她照著日常腳步，去巡田水，去探雞籠，甚至是去上香祭拜。只是，她愈是不聲不響，大家就愈關注她。

照這樣下去，村老某說，事情是要發生的。他坐在樹蔭底，蒲扇一下一下招著風，世理人情都在他的舉措中。

祖母怕吹夜風，晚上睡覺時總緊閉窗戶，放下窗簾，只開面向長廊的門，整間房充滿萬金油的氣味。祖母躺在通鋪上，看汗一滴滴流過自己眼角。轉過身去，久未新髹的灰牆上，一群螞蟻橫向搬運一隻屍解的蟑螂，在祖母視線中，首先通過蟑螂右身第二隻腳，再來是蟑螂的翅，再來是蟑螂的鬚……看著看著，祖母突然睡著了。但祖母睡眠淺，不片刻又突然轉醒了。祖母於是生自己氣，僵直躺平，努力想用意志力勾回睡眠。

其實，一屋子人都睡不安穩。透過垂下的門簾，祖母聽見一屋子細碎的聲響。各扇房門開開關關。有人朝儲肥的尿桶裡撒一泡尿。有人特意走到客廳講兩句話。有人摸到廚房煮麵，原是只要煮給自己吃的，但煮著煮著，自覺過意不去，於是一碗煮成了一鍋。那煮麵的人，還挨個敲門，問人：「吃不吃麵？」房裡好容易才睡著的人給吵醒了，按著門，捺著怒氣，揮手直說：「不要不要。」煮麵人於是一人強灌一鍋麵，不知該生誰的氣。

江躺在父親母親的房裡，盯著天花板的燈泡傻笑，不時交替睜閉雙眼，讓燈泡的殘影在眼前連綴閃爍。母親照例撲到江面前，與江練習對話。

「等你長大了，你會孝順媽媽嗎？」母親問。

江答：「會。」

母親問：「等你娶太太了，你太太叫你不要理媽媽，怎麼辦？」

「我就打她。」江答。

江與母親低低嘻笑，彼此打鬧。

江的父親翻翻白眼，在床板上轉過身去，不理會他們。那年，父親三十四歲；時間正在秘密倒數——只剩寥寥四年，他就將在意外中慘死。但他並不知情。沒有人知情。那一夜，祖父的長子他，少年一般將不快意的事背在身後，張眼聽著。他聽著一家子碰撞一整夜，直到天將亮。天將亮時，僵直躺平的江的祖母，終於鬆開鼻骨，開始鼓動小小的鼾聲，愈來愈大，愈來愈響。

「我睡著了嗎？」祖母問自己。

她聆聽片刻，確認那巨浪般難擋的聲波，的確是自己發出的。

「嗯，是我睡著了，那很好。」祖母說。

她鬆開全身，全心全意跌進睡眠裡。

「她睡著了……」父親沉下心。

第二天，江的父親抓著蓬鬆的亂髮，江的叔叔手臂夾著一本記事本，兩人一起快步通過長廊，各騎一輛腳踏車，往法師家問事。門簾後，江的祖母老早醒了。窗簾一透光，彷彿就有一雙手，不斷輪流輕拍她的臉頰，直到將她拍醒為止。祖母睜開眼睛，坐到床沿，拉開床頭一方小櫃，取一枝菸，一盒火柴，點了火；左手插在裡衣口袋裡，右手拇指及食指揑著菸，三口兩口接續不斷吸那枝菸。很快地，那枝菸就折損了。祖母站在地上，將菸蒂踩熄，微咳著，轉身，又回床沿呆坐了很久。祖母摩摩臉，又從另一方小櫃，抓把無花果塞在嘴裡，咀嚼著，起身，掀開門簾，走出她多櫥櫃的老人的臥房，走進長廊裡，往家人聚集的飯桌走去。

到江的祖父出殯那天，村人相幫扶起靈柩。祖父一族老小由長繩捆著，牽拖著往海濱的墳埔奔去。也沒人必要江的祖母去，也沒人叫她切不可去，但大家是樂見祖母同跟了去的。大家樂見哀矜的未亡人，在臨落壙時搶上去撲墳慟哭；在那深受期許的一刻，眾人扶也好，勸也好，雜側的話語有用無益也罷，都無妨，只是彷彿不如此，不能讓大家怒氣沖沖地將人長埋於土，之後要再想起，都平靜而滿意了。

祖母跟去了。祖母走在人群最末端，看著扶柩的隊伍走到海邊，人們一面高喊「借光」，一面就直直踏上別人的墓塚，向墳埔深處衝撞進去。祖母沒有跟上去，只呆立墳埔口，遙望海，像與什麼對峙。

墳埔深處，法師配了土，點了主，開了光，祖母還站在遠方不動。法師分送了五穀子，儘遲緩著手勢，將鐵釘和銅板五方都撒遍了，都問遍了，祖母還是一聲不吭。

法師惶疑著，瞥眼看執事的村老。

村老昂頭，別過臉去。

法師悶了，喃喃自語。好半晌，他放開架勢，舉起手來，放盡力氣大喊一聲：「進喔。發喔。」跪著的眾人巴不得這一聲喊，紛紛站起，拍拍身上的塵土，錯錯落落應答了起來。

「進喔……發喔……」

「好喔……」

祖母聽了，毫不服輸，起步自往家裡走去。

村老走出墳埔，佇立一會，逕望向海；望久了，海就變得腆嘿而巨大，壓在視線上。海的深處，有艘大船僵挺不動。海的邊界，一群人在弄著潮，在合力牽著網。他們的腿脛在海水的洗滌下，反射新潔的光線，彷彿他們都是昨日才從海底匍伏登岸。彷彿，無論多少同伴失敗了，擱淺了，這群堅韌的討海人，都還是會強挺著新新的脛骨搶灘。村老心底，曾有一片刻，是浸潤在未能爲故人後事盡責的遺憾，與——對同樣老去的自己的——微微自憐中，但他太老熟了，他知道怎樣儲存萬種感情，於是使出來時都可亂眞。他吸口氣，朝海的方向啐了一口唾液，踽踽走遠。

遠處，大船向海傾斜了一吋。

幾個月後，村老也死了。他去參加一位他並不熟識的後輩的婚宴，他把場面鬧得極其歡悅，而他自己也喝得大醉。他與每個他認識不認識的人揮手作別，回到他獨居的家，還帶著開懷的笑，一頭栽到床鋪上熟睡，從此不再在這個人世間醒來。村人都一致推崇，認定他確是一位有福氣的人。

爲了送村老一程，江的祖母重回海邊的墳埔地。她愈發相信那是屬於草海桐的地域——它垂下厚厚葉瓣，盡量躲避炙人的日光，彷彿謙懦與隱退才是它活得最好的狀態，居然也有這樣的生物。

祖母面海，坐在一根浮木上。浮木早不漂浮了，它被一岸泥石沙礫牢牢嵌住。孔隙中，擠生佛甲草與濱防風，彷彿正汲取世上惟一殘存的陰影，也於是，浮木及其四周，成了世上惟一的綠洲。灰濁的海水吐著白泡，拍著岸，遠方有艘大船被困在海上，一動不動。也許它正努力游著，但祖母不敢確定，就像眼前的海浪聲，不知爲什麼，聽來總像在腦後遙遠的地方輕輕鼓動著一般。

「回去吧。」在那鼓動與催眠的聲響中，祖母揉揉眼，對自己說。

但她依舊坐著不動。

遠處，大船向海又傾斜了一吋。

在海風中，在烈日下，在默默看著大船向海靠近的時間裡，祖母原地老去。

她太老了，老到忘記自己也已經死了；她太累了，累到不能跟上那些又來送葬的隊伍，發現他們這次埋葬的終於是她。祖母坐著浮木，去遙遙想他，去確定對他的印象又淡薄了些，似乎可以在自己徹底朽壞之前就完全忘記他了；這麼一想，眞的像在競賽似的。

她依稀記得，這個人，穿著過大的西裝，出現在她父親的喪禮上，一面揮手拭汗，一面見了人就咧嘴笑。那不是該笑的場合，但他沒辦法，因爲一屋子都是他並不深識的人，他沒辦法板起臉來。原是很天眞的一個人啊——祖母煩躁地想著，又對自己的煩躁覺得好笑了——因爲很天眞，所以無時不受挫負氣；一受挫負氣，就只對她和自己發作。這個人，到老了還爲難自己，暗自悶了一肚子彆扭，很費勁似的，但似乎從來就沒有人眞正留意過他。

等待徹底壞朽，江的祖母，在死後還不斷老去。她獨自走回來，她忘了祖厝早已分拆了，她獨自坐在那業已不存在的她的舊臥房的床沿，看著那房間裡，不存在的櫥櫃，一櫥一櫃都裝滿了不存在的東西。她確實聽見人聲，她走出去，倚在廳堂口，看庭埕上，送葬的人群走回來。她看見將滿十一歲的江走回來。

他長得好快啊，她想著。

很快，他已經穿上制服、背著書包去上學了。他拿著一個紙圓盤衝進屋，喊著：「奶奶你看我做了一個時鐘。」他帶著一本圖畫書慢慢踱進屋裡，叨叨跟她解釋說：「這個蟲牠有一雙大眼睛沒有嘴巴因爲牠在殼裡面不用吃東西但是如果牠嘴巴長出來牠就要咬破殼爬出來但是這時候牠就要趕快把牠的眼睛弄瞎因爲外面太陽太大了牠會受傷但是如果牠不爬出來牠會在殼裡面餓死……」

「跟草海桐一樣，對吧？」她隨口答。

但他並沒有聽見。

很快，他跟一屋子人都沒話說了。他抱著電話，互相辱罵似地，跟不知道是誰辯論「究竟是人怎麼獲得他的腳還是人怎麼使用他的腳比較重要」等等嚴重的問題。很快，他也不打電話了。看看他，他也剛剛埋葬了自己的父親。

她轉過身，看向黑幽幽的廳堂。她想著，在那很長的一段時間裡，他們去聚會，他們去回憶，他們去對峙，他們去爭執，他們去等待另一個去海邊的日子，在一個艷陽天裡淌著汗，安靜地走著。並且，各人頑強地想著各人的心事，或者別人的生活。當他們快步通過長廊，衝鼻聞見一陣熟爛沉鬱的氣味時，他們會不會捏著鼻子想：「什麼怪味道？」

什麼怪味道。祖母看著庭埕前帷幕撤去，幾張桌子立起，送葬回來的人們，在那裡聚餐。庫錢、銀紙都燒盡了，門前的香爐餘留焦黑的火灰。從她站立的地方望去，這山間小小村落還罩在無絲無縫的大太陽下。田畝上，雜草堆向上筆直升起煙霧。那樣四處都有火光的尋常一日。她知道，再過片刻，庭埕上就又熱鬧了。那些圍著桌子吃三角肉的人們，還把最後一點哀傷的表情掛在臉上，其實，比起之前的每一日，每個人的心情，都早已舒暢多了，彷彿一卸下重擔，新生的日子就要開始。

她獨自走進長廊裡，黑暗中，迎面撞上一對晶亮亮的小眼睛。那是江，還是江，正向七歲邁進的江。江正撫著米缸，抬頭對她笑。

片刻，她蹲下，問江：「你在幹什麼？」

「香蕉，」江通知她：「熟了呦。」

最後，在祖厝拆除後，叔叔原地建起的樓房裡，二十一歲的江，代替自己的父親，參加自己祖母的守靈夜。

他在叔叔的飯廳裡，靠牆靜靜坐著。

他轉頭，看見祖母曾在的那個房間，已經捲席疊床，收拾得很乾淨了。

清早，叔叔必定在手臂夾著一本記事本，抓抓摸摸，扶著梯欄走下樓。叔叔必定想著要去飯廳旁、他母親的房裡，想如以往三千兩百八十七個日子那樣，去找到那身軀手腕上的那個塑膠口，掀開那口，往裡面注幾管藥液。然後，他會翻開筆記本，在筆記本他規畫好的表格上打一個小勾勾。然後他會代母親翻轉翻轉那身軀。然後想辦法跟母親說上幾句話——如果他還能說什麼的話。然後他會上樓，放好筆記本。然後他會再下樓。然後，也許，他想著，他應該再將樓房打掃一遍——拖拖地，擦擦門窗，抹消自己的手印與足跡。

然而，一走進母親的房裡，他就知道程序必須更動了。

他只花不到一分鐘，就知道過往的三千兩百八十七個日子，已經結束了。

他踩著拖鞋，走進客廳裡，坐在沙發上，看屋外。窗玻璃極其厚重，他看見庭埕無聲，熹微無色。

他翻開茶几的玻璃墊，開始理好底下的紙張，之中有一張，已經寫好所有人的電話了。

他想起那天，祖厝將拆，他將原地另起新樓。趁一個午後，他把祖厝所餘，全搬上庭埕整理。他的母親，坐在她自己的箱籠邊，靜看那一切發生。他知道她不會生氣，因為當時的她，並不在她所坐的那個位置上。他想起那天，就在他現在坐的沙發前，他母親滑了一跤，躺了一天，直到傍晚才被扶起。他知道，她是在一早所有人都出門後就滑倒的了，她於是是故意不叫嚷的，她生自己氣，她以為她能在當日死前獨自奮力站起，但她失敗了。當他回來扶起她時，她半身火熱，半身冰涼，鼻孔泌血。她認不得人，不記得發生過什麼，只抬起腿往外趕，要去屋外奔跑。

他拉著她，追著她，最後慢慢跟著她。

他手上拿著面紙，他對她喊說，母親妳鼻孔我看看啊……

母親妳鼻孔……

母親妳……

最後，連他自己都不明白自己在喊什麼、爲何要這樣喊了。

在他的記憶裡，充滿了這種對於至親之人的推擠與試探。如果他們沒有反應，他就進一步，如果他們有反應，他就退一步。不過是方寸之間的進退罷了。沒有人會同情他。連他自己，都並不同情自己。

他再次看向屋外，突然發現屋外變得好空曠。他搖搖頭。他反而比較樂意——踏實地——去擔憂那間尙由那架身軀占著的小小房間。那些床褥、那些枕頭，那張床，他開始想像，也許他應該怎麼處理。

很快就會忙亂起來的。在二十四小時之內，那些有著相似鼻型、相類眼廓的一整批人，就會在他的樓房裡共聚了。他們會談話。他們會聽著。他們之中，其實沒有人能完全弄明白談話的始末——那裡面只是如常交纏了許多死別、聚合、金錢與時間——他們只知道，恍惚之間，當他們稍一分心又回過神後，往事都已經在回憶裡，一一被眾人演習過了。

然後，或許，那進早被拆除的祖厝，還會在零餘談話裡，浮現各個如今已不存在的角落。

然後，他們會談論那些在守靈夜裡，並不在場的人——活著的人，他的意思是。也許，他的大妹會再次說起自己的丈夫。她會怎麼說呢？她會說啊，有件事情很有意思，就是說啊，她現在樓上的鄰居，廁所老是滲水，滴進她家來。她去講了好幾回，鄰居總不理睬。她於是再次上鄰居家，用食指和中指戳著鄰居家那主婦的鼻孔，倒推一頭牛一般把那主婦推進廁所，鎖上廁所門，把地板上每絲細縫都數給她看。數完後，才放那主婦出廁所。

她說，幹完這事後，她就下樓，回家，好好洗了手，煮飯給兒子們吃。然後又出門，去醫院找她丈夫。她丈夫因肺癌住院，又將動手術了。她在深夜離開醫院，又趕回家探看。兒子們都睡下了，她也回自己房裡，想躺一會。剛躺下沒多久，樓上主婦，在她頂頭，開始用塑膠拖鞋不斷拍打自家地板，砰砰砰砰，規律極了，有恆極了。那樣響了一整夜，但她已經無力再爬上去說她了。

然後，電話響起，響了好久都不停。她睜開眼，發現天已亮了。

她爬到客廳，撿起電話。

「原來就是那通電話啊。」她會對他說——原來就是那通你打給我的，通知我說我們的母親已經走了的那通電話。

「每次他要開刀前都會出事喔。」她會以一種似乎預期自己的丈夫還能再開上一萬次刀的表情，對她的妹妹說——上次是妳要娶媳婦，這次是母親過世了。

當她說完，他們所有人，該會短暫陷入一片死寂般的沉默。

那時，他必定會再次想起那天，他也換上了自己最好的衣服。他們走過那些水光淋漓的騎樓。他們一起訥訥站在一幢大酒樓前。他們分批被電梯帶上八樓。他坐在餐桌前，看他的二妹憂憂鬱鬱地娶媳婦，看他的大妹快快樂樂地逢人便拉手報告，說是啦我丈夫得了肺癌，我回來看看就又要趕回去看他了。

他不知道當時的自己，臉上掛著什麼樣的表情。

他想著，她回來看大家，她又將回去看他。她在一個反覆靠近的旅途上。所有人都喊她過來坐下，但她對每個人擺擺手。她迂迂迴迴繞過好幾張餐桌，搶過服務生的盤子，迂迂迴迴繞回來，將盤子降落在他們面前。

「呦，還活跳跳的呢。」她對他們說。

他們看見盤子上，站著好大一尾龍蝦——活生生的、好像才剛在盤子上被一片片肢解好了似的。滿盤子鬚、螯、尾甲抽動著。他們同時舉起筷子，同時僵在半空中，找不到地方下筷。

「用啊，用啊，自己來嘛。」她站在桌邊，用衣襬擦擦手，柔聲勸他們。就像在祖厝裡，當他們還生活在一起時那樣。什麼都是認真的，然而什麼也都不可能是絕對認真的。日久天長，他的親族在彼此的目光中，最舒坦的狀態，就是活得像個演員的時候。

她於是只能是眞心的：她眞心誠意，想在這場喜宴中，扮演好一個招待。

當戲散後，她必定是獨自一人，提一塑膠袋湯湯水水的菜尾，走過海邊，坐夜車回去大城城郊的一間樓房裡。當她在餐桌邊坐下，她會聽見滴滴漏漏的水聲，長長久久從天花板不斷淌下。那時，在那片擁擠的城郊，一窗一窗的微光，映照著一屋一屋奮鬥了一天的人們。

她忍耐著。她換上另一套衣服，換上另一種表情，趕往醫院去。

如此的各人的生活。似乎只剩下這件事是堅硬而眞實不移的了。

父與母都走了，從今爾後，自己是自己惟一一個必要謀和的人了。

在熹微中，他拿起電話，準備開始一一通知所有人。他突然又想起，關於母親的死亡，他必須給他們一個準確的時間，如此他們才能總地明白那些延延緩緩的壞毀。他想了一個可能的最遲的時間。他只能這樣做了。如果還有什麼是他能夠做的，他想最後再通知他的大妹。

他想在通知完大妹後，再上樓去，叫起他的太太。

他想讓她們都多睡一會。

很快地，所有人就又將忙亂起來了呢。

在父親留下的屋子裡。江上學了，學會寫字了。

江坐到書桌前，敞開門，看著廳裡的祖母，午後的祖母。江拿出一張紙，開始在上面拼寫一個又一個名字。江說：「奶奶，妳等著看喔，妳看我把他們一個一個全叫回來。」

江一一拼寫出所有他認得的人的名字，看著他們的名字，想想他們發生過的事，以此度過他們不在眼前的時光。直到一天近尾時，江的母親疲然麻木地被救火鈴赦出，回到江面前。

她對江苦笑，撢撢彩色的手，溫和地問江：「你在做什麼啊？」

「我在想念大家呢。」江笑著回答她。

「啊，」她說：「那眞好。」

江抬頭，看見午後的祖母又起跑了。她又跨過那道門檻，她又將去滿路謀殺自己，以那惟一一種方式，執拗地處死自己。沒有人，沒有人可以阻止她那樣做。

也許，最後，祖母終究是以那樣的姿態，留存在江的記憶中了。

最後一次，江想編一個故事。故事中會有一個母親，一個在這世上不依不靠、獨自謀生的母親。她於是是一個挑著擔子、滿路奔走的小販。

她於是應該叫作「蜘蛛婆」。

蜘蛛婆的兒子，是一名遲到的學生。他遲到了；日後，爲了親見那些曾經眞確存在過的，他任自己成了一個謊話連篇的瘋子。

至於瘋子的父親，唉，父親。江寧願不去驚擾他，江會先讓他保持沉睡，讓他在場。各就各位，故事於是展開。

江會讓自己隱藏在那最無以隱藏的地方。

江會說：「我……」

我一覺醒來，赫然發現他，就坐在我前方。

他一點也沒變——灰紫色的後腦勺篩出一根根堅硬的髮，兩隻招風耳都給凍紅了，異常潔白的衣領，緊緊扯住奮力拉長的脖子，總給人一種他剛剛才拿剃刀削好了自己輪廓的印象。我以爲，下一秒鐘，他就會轉過頭來，俐落割穿過往那些時間，對久矣不見的我說——對，整二十年過去了，就這麼回事。

省道向海、縣道入山。在兩條馬路會合的三岔口上，立著一座兩層樓高的鐘塔。塔面上的機械鐘停在一個永恆的時刻上，人們抬頭一瞥，很快就能確定這鐘已經壞了。不，鐘其實並沒有壞，它的分針挺著自己的重量，在「九」這個刻度上，像脈搏一樣隱隱跳動，努力想要躍過引力最強的那一點。彷彿只要再多一點點力氣，它就會跨過障礙，讓時針掉下、時間接續走去：兩點四十五分、四十六分、四十七分……，一步一步追趕過那些它錯失的片刻。

公車停在鐘塔下，車上只有我和他兩個人。

司機早下車了，閃進路邊一個溫暖的麵攤裡，吃著他的晚餐——他知道，沿縣道進入山村後，將只剩下嚴風與寒雨。玻璃窗上水氣淋漓，事實上，整個車廂都滲著凝冷的霧，一明一暗的車前燈，牽連所有布滿濕氣的地方，一併閃閃爍爍。

他的背影，也在我眼前跳跳動動，始終沒有轉過身。

我想，我應該主動和他打招呼，爲什麼不呢？或許，我應該一掌搧在他的腦袋瓜上，對他說：嘿，我眞不敢相信，我一直以爲你已經死了。或者，不，我不應該這麼魯莽，我應該有禮地走到他的座位前，含笑點頭，對他說：眞是好久不見了，您一定也注意到了吧，那座鐘塔的指針，在同一個永遠的時刻上跳了二十年，看上去，就像壞了一樣，這到底是怎麼一回事？

記得嗎？的確曾經存在那樣一段時光，那時，我們認識的每個人都硬朗，每個人的壽命都不長。山村裡那位年輕的代理神父，開心地向我們宣稱，世上所有有味的東西，例如鹽巴，都要先融化自己，才能爲它所調和的一切帶來滋味；做人，也應當像鹽巴一樣。那時，我們都只是七八歲的小學生，沒有人在乎，代理神父所形容的，會不會根本就是一件不可能的事。那是一個人習慣將自己遙擬各種人事物的年代；代理神父所說的鹽巴，已經是離我們最近、最具體的東西了。我們只覺得親切，雖然我們並不明白他眞正想說的是什麼，而看著我們備感親切的臉，代理神父也就相信，他的意思，我們都懂了。

總之，對我們而言，那是一個沒有人知道彼此眞正的意思是什麼，然而溝通卻一點也不困難的短暫年代。

那時，我們也那樣無礙地以比喻指稱各種人事物。

我們記得每一個人，我們記得她，我們叫她「蜘蛛婆」。因爲她的右肩明顯高過左肩，靜立時，人是歪的。當她空著雙手走路時，她踏出去的每一個步伐都是斜的，並且渾身亂顫，活像一隻跳動的大蜘蛛。

「蜘蛛婆來了，蜘蛛婆來了……」

每個傍晚，我們看著她從遠方走來，她右肩壓著扁擔，雙手一前一後扶著掛在扁擔兩頭的尼龍袋，迅迅捷捷踩過高高低低的山路；那時，她是極其平衡的，路面上那些大大小小的碎石塊，對她而言，彷彿比山村小學的操場還要平坦。但，我們知道她的秘密；我們知道，當她走到我們面前，一卸下那兩口沉重的尼龍袋，她的右肩將會霍地彈起，她整個人會原地搖晃十五分鐘不止。

所以，「蜘蛛婆來了，蜘蛛婆來了……」榕樹下、庭埕前、家門口，每一個看見沒看見的小孩都這樣傳著話；有人開始模擬受狂風重擊的樣子，砰咚一聲倒在泥地上；有人砰咚又爬起，腳高腳低滿地竄。蜘蛛婆到了，她在一處寬敞的地面上，放下她的重擔，帶著微笑，歪立一旁，我們很快圍了上去。我們之中，膽大一點的，其實不等她站好，就已經七手八腳往袋裡翻揀。他翻出一包滷豆干，或一包花生米，或一包其實說不清是什麼的零食，抓在手上，往家裡跑去，尖聲叫喚母親們出來付錢。

母親們，我們那些年輕的母親們，做著沉穩的姿態，慢慢走來，慢慢優閒地尋著話頭，慢慢優閒地想辦法和蜘蛛婆閒聊。只是，蜘蛛婆通常不怎麼答理，只是笑著。

「啊，有沒有梳子？」很久很久以後，好像從肺腑之內掏出一句前世就寄掛在那裡的疑問似地，一位母親這樣遲疑地問著。

「有。」蜘蛛婆答，立即蹲下，一手扶住尼龍袋，一手伸進袋內攪著，拖出一把齒牙完整的塑膠梳子。

「蜘蛛婆，妳好心一點，不要把用的東西和吃的東西擠作一堆好嗎？」母親嚐怪著，接過梳子，順手在衣袖上抹了抹。

蜘蛛婆笑著，不發一語。

另一位母親接上去問，「有沒有小鏡子？」

蜘蛛婆皺著眉頭，哀愁地說：「下次好嗎？下次一定帶來。」

母親也哀愁地指著那兩口大袋子說：「妳不用找一下？」

蜘蛛婆確切地搖頭微笑，依舊不發一語。

我們在一旁，看著我們的母親們，買著那些她們其實並不怎麼需要的小梳子、小鏡子或小髮夾，一面試探著，吃下蜘蛛婆帶來的，說不清是什麼的零食。向晚，在空氣中打轉、飄浮了一日的塵埃，此刻正緩緩下沉。我們鼓著臉頰，望著遠方沉寂的山路。那眞是令人感到安心的片刻，雖然，那樣的安心的確不具有任何理由。

總在蜘蛛婆將尼龍袋套上扁擔，扛上肩，準備走了的時候，我們會聽見一位母親問：

「蜘蛛婆，妳兒子有沒有好一點？」

「好多了，好多了。」蜘蛛婆總也這樣回答。

我們一直以爲，蜘蛛婆這位似乎正不斷地從某種我們不知道的狀況中好轉的兒子，是一位不存在的人物。他只是那些彷彿延長了的黃昏，我們的母親和蜘蛛婆往返問答間，一個雙方都不盡然洞悉，但都相信彼此會懂的比喻罷了。

直到有一天，我們的母親開心地向我們宣布：我們已經長大了，應該去「上學」了。我們花了一段時間，才明白她們是當眞的。

我們冒著雨，走進山村小學的教室裡。我們看著窗外，彷彿全太平洋的水，這時全要傾進小學所在的谷地裡一般。我們在山村裡長大，是不會怕這樣的大雨的，只是，這是第一次，我們十幾個玩伴一起被關在一間屋裡，並且，我們身上還穿著規規矩矩的新制服，於是，看著天花板上明明滅滅的日光燈管，我們也就規規矩矩地恐懼了起來。有人蒙著頭喊媽媽；有人看著窗外叫口渴；匡噹一聲，有人的椅子散了架，坐在地上哇哇大哭。

突然之間，整座山村小學的燈火全熄了；又停電了。那位渾身酒味的胖大校工，手上拿著榔頭、嘴上咬著鐵釘，從教室後門晃蕩進來，直直走向那把散架的椅子。

「毛孩子。閃邊去。」他把哇哇啼哭的同學拎到一邊，叮叮噹噹敲擊著椅子，不片刻就將椅子重組好了。他把止住啼哭的同學擺回椅子上，慢慢直起腰，瞇瞇覷眼瞥向前方說：「洋鬼子。管這雨。叫下貓。和下狗。老師。對吧。」

初到山村的年輕女老師楞在講台前，不知所措。她望著眼前，對胖大校工說：「你喉嚨不舒服？」

「沒事。」胖大校工露出一嘴黃牙哂笑，比著自己的喉嚨說：「從前。一顆子彈。從這裡。穿過去。」

「喔，對不起。」

「沒事。」

我們同時回頭望向那位被胖大校工擺在椅子上的同學，因爲我們知道，胖大校工的喉嚨，其實是在一次醉酒鬧事時，被這位同學的父親拿刀捅傷的。

一片沉靜中，胖大校工循著我們的目光找去。

雷咳著電轟隆而過，這位同學又哭了。

那是我們在山村小學的第一天。一片幽暗中，我們看到一條衣領，姍姍前行，姍姍踱到講台前，一個聲音，朗朗地問老師說：「老師，請問自我介紹的時間到了嗎？」正當我們還在猜想「自我介紹」是什麼意思時，那條衣領已經站到講台後方，轉過身來，面向我們。

我們看到一張蒼白而多骨的臉。那是我們第一次見到他。他說了自己的姓名，說他很高興認識我們。然後，他對著我們，對著一片幽暗，說了一個自我們有記憶以來聽過最漫長的故事。故事中有一位父親，永遠是熟睡著的，有一位母親，一直在走路，她挑著重擔，走過水塘、走過泥地、走過尖石鋪成的道路，要這樣一直走著，才能養活她惟一的兒子。這位母親在故事的中段，在山路上跌了一跤，撞破了額頭，這位兒子幫她上藥，即使隔著棉花，還是能感覺她皮膚的粗糙。在故事的某一個停頓，他說，時間已經就這樣過去了好久好久，母親偌大的傷口結了痂，顏色變深了，結痂變硬了，縮小了，整個彈落下來，母親就完全好了。母親完全好了以後，依舊挑起擔子，迅捷走過上上下下的山路，微笑著，回答著；那些看見母親的母親們，覺得母親一點都沒變；母親們也都忘了，時間已經過去好久好久了。時間過去了像它已經形成了那麼久，其中，曾經出現一頭全黑的狗。我們惶惑地睡著又再惶惑地醒來，當我們漸漸習慣他的語調，並且什麼都察覺不出的時候，突然，在一個我們最沒有預期的地方，他說，我講完了。

他拉開他那條衣領，要我們趨前看他從後背到肩上到前胸的一道長長的傷口。他說兒子很小很小的時候，肩膀上長了兩顆瘤，母親挑著兒子，走了很遠很遠的路，才找到醫生治好這個病。兒子從小身體就很弱，不能跟大家一起玩，因此兒子總很期待上學的那天趕快到來，今天清早，兒子走在山路上，忍不住低下手，摸觸地面，感到自己是一個相當幸福的人。

他說，我講完了，很高興認識大家。

他又說了一遍自己的名字。

我們咬著指甲，擰著鼻涕，噙住眼淚，瞪視著眼前的幽暗，努力想要辨清剛剛到底發生了什麼。我們只覺得這一刻是安靜而拉長的；於是漸漸地，輪到我們不知所措了。老師輕輕摟著他的肩頭。

「唉。」胖大校工短歎一聲，放下他的榔頭。

「ㄇㄧㄢˊㄏㄨㄚ是什麼？」一個人問。

「我家也有養狗。」另一個人答。

在他第一次開口對我們說話時，他確切地說，自己是一個相當幸福的人。這樣一位幸福的人，邁開他的步伐，回到他的座位上，加入我們之中。他微笑著，那是一種紀念碑一般的微笑，所有看到的人，都將鄭重以待，並且察覺，有什麼東西，在他能這樣笑之前，就已經先死去了。

然而，也許死亡原是一種持續不停的秘密行動。很久很久以後的那個星期天，我們一起翻過圍牆，回學校看斑馬、駱駝和長頸鹿。圍牆不高，我們當中，從最高到最矮，都可以兩手撐在牆上跳過去。我們跳進泥地裡，拍拍手上的苔蘚，抬頭，舉目望去，看見踞在谷地裡的山村小學，好多人從各個牆角陸陸續續蹦了進來，彷彿全校都到齊了一般——六十八人，對，彼時的山村小學，共有六十八名學生。

當時我們並不知道，一個月後，環繞山村小學的這道矮牆，會整個被拆毀。又一個月後，另一道莊嚴的高牆，會循著矮牆的遺蹟砌起，在校門口合龍，而那時的校門，已經架高成了牌坊。之後無數個日子，砂石車一輛一輛穿過牌坊底下，來到學校；工人們將泥地鋪上水泥，將教室外牆貼上小磁磚，並在長條形校舍的左半邊蓋上二樓，建成校長室和圖書館。一年又一年，貨車在升旗台前，卸下新任校長，和遠方捐贈的舊圖書。我們舉行完歡迎儀式，把校長和書一起迎進二樓裡收藏。在圖書館裡，我們會發現書架上那十三本一模一樣的書，今年又多了兩本。或者，當新任校長疲累地打開門，走進校長室時，他會看見前任校長還趴在辦公桌上睡覺，不知道醒不醒得過來。這些都將成為常有的事。

「校長死了，他背上都是蝸牛。」第一個發現的人這樣說。

那是一個星期天，是信神的人集合禱告的日子，但學校旁的教堂，早已溶於山村執拗的濕氣中，只剩下尖尖的鐘塔屋頂遺留在地上，像一株雨中的蘑菇。

代理神父和他的助手搬出原該在鐘塔和地面間的一切，前進到了穀倉裡。不定時，他們會把三輪車停在蘑菇前，在車後平台上架起畫軸，一邊捲動著畫，一邊向我們這些經過的學生訴說畫中的故事。當學校的高牆砌好同時灰敗，小磁磚貼好同時生出壁癌，加蓋的校舍撤去鷹架同時開始向一側沉淪時，我們也由六十八人變成四十多人，再變成二十幾人。到了山村小學確定廢校的那一天，代理神父的助手擦拭著畫軸上的霉斑，對代理神父說，整座山村小學在他眼裡，就像從半空跌落下來的，一具歪斜的蛋糕。

整個山村，將只剩下寥落的幾十戶人家，成了郵件遞送版圖上的「非限時區」。對派駐在山村的郵差而言，記住山村每位居民的姓名，將比記住那些在山路上七零八落的地址來得容易。

代理神父和他的助手，走進不再是小學的山村小學裡。他們看見三隻動物的模型立在角落邊，它們的腳深深陷進水泥地裡，身上的漆剝落殆盡，六隻耳朵全掉了，只露出六根腐鏽的鋼筋。同時，雨開始淅淅瀝瀝地下了。他們走到升旗台裡躲雨，靜靜望著遠方。四周一個人也沒有，一件瑩瑩發亮的小東西，叮噹叮噹在水泥地上跳躍著，從三隻動物的遺址那邊，慢慢滾向升旗台前。代理神父撿起那件小東西，用袍角擦乾，湊進眼前一看，是一顆藍綠色的小彈珠。

是那隻斑馬、駱駝或長頸鹿的一顆眼珠。

代理神父對他的助手淡淡一笑，把彈珠收進袍袋裡。

一棵灰黑色的水泥樹；一條灰黑色的水泥河；一面灰黑色的水泥山谷。在這樣的深山中，灰黑色的水泥，在雨中，從代理神父的腳前蔓延到了遠方視線的最邊緣，成為這個世界最後剩下的質地，多麼像是一開始，這個世界就該是如此的。

「真奇怪，」代理神父對他的助手說：「在泥地上鋪水泥那一天，他們匆忙到不願移動牠的腳，但最開始，他們卻記得幫牠裝上眼睛。」

「誰？」良久，助手收回視線，轉頭問代理神父。

那是一個星期天。很久以前，同樣的這位代理神父，開心地向我們宣布，世上的第一個星期天是好的，因為當時野地上沒有草木、田地間沒有蔬菜；神還沒有降雨到地上；每個人都各自休息。我們聽著，並不在乎自己能否想像那未曾下過一場雨的世界是什麼樣子。那是一個人們習慣訴說各種夢境的年代，代理神父所說的雨，已經是離我們最近、最具體的東西了。我們看著霧氣從泥地上蒸起，我們看見工人們從卡車上，卸下了斑馬、駱駝和長頸鹿。

那位渾身酒味的胖大校工，肩上扛著一捆麻繩、手上拖著一把木椅，從教室後門晃蕩出來。

「你。你。還有你。過來。」他挑選幾十個人，手拿痲繩圈成一個圓，將工人們圍在裡面。

「其他人。閃邊去。施工中。危險。」他把木椅杵在泥地上，雙手環抱，坐鎮著。

他也在人群之中。他站在胖大校工身後，手上牽著痲繩，奮力拉長脖子看向圓圈底；突然，他扭過頭，對我們說：「這一切根本毫無意義。」

「什麼是一一？」我們問。

他環顧我們的表情，欲言又止，但終於沒說什麼，只對著我們，露出那多年以來一無更改的微笑。

一位工人指著自己脖子，問胖大校工：「你這裡怎麼了？」

「喔。」胖大校工說：「從前。一顆子彈。從這裡。穿過去。」

他們彼此對視，哈哈大笑，陌生的隔閡像是一下子化解了。

每個人都很高興，一位同學湊過來，對工人說：「看，我有砂眼。」他突地將眼眶撐大，眼珠子翻了過來，上面果然長滿了砂粒。「我的手指可以這樣壓到後面。」另一位同學說，並且猛力把手指向後扳到手腕上。又一位同學上前，彬彬有禮地說：「我爸爸用皮帶在我背上打叉。」他彬彬有禮地撅起屁股，翻開上衣，讓我們看他背上暗紅的叉叉。最後，我們都將目光聚集在他身上，期盼著他可以說些什麼，讓我們的客人知道。

但他沉默不語。

「嘿。」胖大校工鼓舞著他：「給我們說說。說說看。呃。等一下。」胖大校工閉上眼睛，食指輕點著膝蓋頭，像在回憶他聽過的所有說書段落。良久，胖大校工睜開眼睛，對他說：「就說。你爸爸。受傷。的事。」但胖大校工這時才發現，他已經跑走了。

「這一切根本毫無意義。」在他最後一次開口對我們說話時，他這樣說，並且露出那多年以來一無更改的微笑。

這到底是怎麼一回事？窗外那座鐘塔，簡直像極了你那奮力的微笑——那是一種會使人察覺什麼已經先死去了的微笑。只是，那同時，也是一種會使人習慣，並且什麼都察覺不出的微笑。

我站起，緩緩靠近他。我想告訴他，我真的記得他說過的許多話，我記得他對我們說過的最初和最後一句話，並且，我能把這最初和最後一句話疊印在一起，在記憶中，像握住一段完整的時光那樣攜帶。然而，時間的最初和最後如果能這樣對摺、緊握在手上，那麼，那深深的摺痕，想必是在遠方，我們無力掌握的地方——真的是在我們尚無力明白的時候，很多事情已經發生過，並且完結了。

然而，這也不對；因爲的確曾有過那麼一段時光，我們以爲自己是毫髮無傷的。那是一個短促經過、容不下任何轉折——遑論摺痕——的純粹年代，我們不會知道，有一天，我們熟識的任何人都將不再硬朗，我們都將活得比我們想像的久。

我站起，緩緩靠近他。很久很久以前，在他的故事裡，曾經——故事總也如此進行——存在這樣一位兒子。兒子穿過門簾，進入另一個房間裡，會看見他的父親躺在床板上，沉睡著，鼻孔插著管線。兒子在父親身旁躺下，在父親規律的鼾聲中，對父親說著自己夢想的世界，像是父親從來就是醒著的那樣。父親在自己巨大的夢裡，母親在另一個夢裡，兒子在又一個夢裡。在兒子的夢裡，人自然而然是會飛的。遠方，母親走過很長很長的路，挑著她的重擔回來了，兒子看著她的腳，對她說，母親，我會飛喔。

眞的啊，母親說，那眞好。

等我飛得夠高，飛得夠好，妳就不用再走路了。

飛那麼高啊，母親撥撥兒子的髮，對兒子說，偶爾也要記得停下來看看我呀。

她沉靜而耐心地聽著孱弱的兒子，叨叨絮絮說了整夜的話。一切都在變好，她相信自己的兒子正日漸好轉，但還不夠好，永遠不會健康到足以承當一次遊戲的失誤。她擔憂地說，你累了，該休息了。

我不累，兒子說，我不想睡覺。

但是你一定要休息啊。

爲什麼？

因爲，母親說，因爲這裡天黑，遠遠的地方天亮。你睡著，換別人醒來。如果你不睡覺，那別人就在自己的夢裡醒不過來了，怎麼辦？

原來如此啊，於是兒子讓自己睡著了，睡在一個圓圓胖胖的夢裡，夢見一個圓圓胖胖的世界。

母親起身，歪斜著步伐，悄悄離開蒼白而多骨的兒子，穿著門簾，進入另一個房間。母親蹲在一排大大小小的櫃子前，拉開大大小小的抽屜，想從裡面找出一面小鏡子。母親身後，父親一面發出規律的鼾聲，一面舉起腳，將蓋被蹬到床板下。母親撿起，重新爲他蓋上。母親俯視沉睡的父親，母親俯視對大大小小的夢境一視同仁的悶熱。母親的兒子，正在天上練習飛行。這樣一位母親，在山路上跌倒，撞破了額頭。母親摀住傷口，彷彿從夢中驚醒那樣逃竄回家。兒子爲母親治療，母親苦笑說，只好休息幾天了，受傷了，不好意思讓人看見。兒子在沉默中，思索母親的話——受傷了。受傷了。受傷了。不好意思。不好意思。不好意思。

鎮日掩上房門的悶熱房間裡，父親規律地沉睡。一頭全黑的狗撲進床板下。

遠方有風。遠方的微風中，塵埃打轉，在向晚時刻緩緩地下沉。孩子們在自己想像的風景裡，毫無理由地心安。母親們，我們年輕的母親們，用手背柔柔撫平她們新裁的粗布衣裳，想著多存下的一張舊鈔，想著用襯衫改兩條短褲，想著砌在廚房牆上裡外共用的大水缸裡，漂漂蕩蕩的葫蘆勺。

那是一個沒有人知道彼此眞正的意思是什麼，然而溝通卻一點也不困難的短暫年代。然而，也許死亡原是一種持續不停的秘密行動。在那座所有人都離開了的山村小學，代理神父坐在廢棄的升旗台裡，他想著三隻動物被水泥埋沒的腳，他想著，只有在一切都已毀壞時，它們的立足點，才會像曾經存在過的證據那樣顯露出來。

那一天，他的助手問他：「你什麼時候才要讓自己成爲正式的神父？」

「等我眞正能相信什麼的時候。」

「那我是什麼？代理神父的代理助手？」

「不，你就是助手。」

「可是山村已經完了你知道嗎？」助手用畫軸指著山村小學說：「我覺得那好像一個從半空中跌落下來的大蛋糕。」

代理神父想告訴助手：當心了，「跌落」是一個嚴重的字眼。

助手說：「今天我生日，可是沒有人記得。」

很久以後，山村裡第一個自覺有罪的人，到穀倉裡找神父，但穀倉裡的人說：「我不是神父。」

「我知道，你是代理神父。」

「不，我也不是代理神父。」

「那你是什麼？」

「我是代理代理神父。」

罪人說：「我有罪要懺悔，怎麼辦？」

代理代理神父指了一堆紙說：「寫下來，我看看可以幫你轉給誰。」

這樣一位自覺有罪的人，回到遠方，瘋狂地給所有他認識的人寫信；他沒有收到任何回信，但他認爲沉默也已經是一種回應了。「這一切根本毫無意義。」他清楚記得，這是他對他們說過的最後一句話。

在那座山村，蜘蛛婆在山路上遇見駐村郵差，駐村郵差在郵件遞送版圖的「非限時區」裡漫遊，他愁眉苦臉地對她說：「我找不到這個收信人。」

蜘蛛婆接過信看了，她對郵差說：「這是我家的地址。」

「眞的？」郵差問：「那這個收信人是誰？」

「是我家的狗。」蜘蛛婆拆開信，裡面只有一張白紙，她安靜地想著，但她不明白，她兒子幹什麼寄一張白紙給家裡的狗。

很久以後，蜘蛛婆的傷全好了，她挑著擔子，穿過廢棄了的小學校門，來到廢棄了的升旗台前，她看見代理神父和他的助手在裡面躲雨。代理神父問她：「有沒有小蛋糕？」

「有。」蜘蛛婆從擁擠的尼龍袋裡拖出一塊海綿蛋糕。

「今天他生日。」代理神父指著助手說。

蜘蛛婆笑著，說：「恭喜你。」

「蜘蛛婆，妳兒子有沒有好一點？」

「好多了，好多了……」

這樣一位母親挑著她的重擔回到家，發現他的兒子已從遠方回來了。兒子躺在床板上，對母親說，母親，我發現世界不是圓圓胖胖的，世界是一把尖利的圓錐。

那是什麼意思？母親問。

兒子思索著；他在思索一位從來沒看過自己一眼、沒和自己說過一句話的父親，還能不能稱爲自己的「父親」；他在思索他和他向來熟悉的母親，從何時開始，成了永遠不能互解的兩個人。母親俯看兒子剛用剃刀自行削好的輪廓，擔憂地說，你累了，該休息了。不要再想了。不要再想了。不要再想了。偶爾也要記得停下來……母親將溫潤且粗糙的手臂貼在兒子消瘦的臉頰上。兒子閉眼，默想那個未曾下過一場雨、什麼也未曾生長，連形狀都沒有的空蕩世界，那時，所有人都在休息。那裡存在著強韌的引力，時間在一個永遠的時刻上跳動，壞掉一般，對誰都沒有意義。他想告訴母親，他發現，每個小孩初初來到那樣的世界時，他的母親，一定都會在他身旁，但那是不是永遠都不會變呢？他不確定。他保持著沉默。

一切都進入了沉默之中，這樣過了二十年。我站起，緩緩靠近他。我記得，很久很久以前，他曾經說了一個自我們有記憶以來，聽過最漫長的故事；很久很久以後，突然之間，在一個我們最沒有預期的地方，他微笑著說，我講完了。我記得，在那座逐漸廢棄的山村裡，他宣布自己是一個相當幸福的人。

我記得，最早最早之前，山村裡那位年輕的代理神父，開心地向我們宣布，世上所有有味的東西，例如鹽巴，都要先融化自己，才能爲它所調和的一切帶來滋味；做人，也應當像鹽巴一樣。那時，我們都只是七八歲的小學生。那時，他也在人群之中，他也開心地問代理神父：「可是我討厭鹹的東西，怎麼辦？」

代理神父拍拍他的肩頭，對他說：「那你就作黑糖，好嗎？給世界帶來甜味。」

「好。」他說。我記得，當時他高興地答應了。在車廂裡，我終於走到他身前，輾轉回過身來，與他對望。但是，我們沒有看見他。我們看見，這個坐在返回山村的車廂上，與我們對望的人，不是他，是一個我從未見過面的陌生人。

他已經跑走了。

他眞的已經消失不見了。

「他眞的已經消失不見了。」江看著故事的結尾，發著楞，畫上句號。

江想，自己大約又將所有人謀殺了一回——一如當午前的祖母消失後，午後那無知無覺的祖母會出現一樣，巨大的沉默，成為每天固定的終局。

在終局裡，江會不斷地退化、不斷地失智，不斷將自己推向自己能記憶事景之前的世界。直到有一天，記憶中的事景都將變得陌生。直到有一天，巨大的沉默會突然占滿一切。

對江而言，那是遲早的事吧。

天亮了。江聽見隔壁的房間，母親慢慢爬下床了。

江收攏廢紙，去坐在飯桌前，等她出來。

很快地，他們就又將忙亂起來了。

江想起，在那樣紛亂的大城裡，江與母親，在那家自助餐店一起吃晚飯。蒲葵遮徑，大城的夜色，慢慢由燈光襯出。對那一切都陌生極了的母親，慢慢把她的背包放在椅子上，把她的傘放在桌子上。

在她面前的餐盤上，放著少少幾樣菜，一碗飯，一碗湯。

那時，他們眞正像是兩個疲累至極的演員那樣，對坐著，各自咀嚼著。

母親突然抬頭，笑著，對江說：「這幾樣菜賣這種價錢，那我回去也來開一家自助餐店。」

江覺得寒傖極了——爲她，也爲自己。江當時並沒有意識到，她當時事實上已經失業了，然而她還能那樣說話。她汰盡了憂慮，於是話語輕輕省省一如笑談。江覺得寒傖，因爲那些一路忙碌的找尋、等待、轉車、上下樓，那些與誰都無關的自尋出路，在這樣夜暗的時候，都靜靜卸下僞裝，對他曝現它們原來的樣子。

江明白，此時此地，他爲何會以這種方式、這種神情，這樣無言地坐在母親面前。

也許，是從當時開始，江學會了自憐；在母親初蹈大城的那一天。

察覺了他的表情，在他們惟一一次在大城裡的共同晚餐，母親大約也吃得並不開心吧。

江坐在飯桌前，等母親出來。江想起，今天，在手術前，母親必須禁食。

「叫輛計程車吧。」江對母親說——叫輛計程車，直接去醫院吧。

母親搖搖頭，說騎腳踏車行了。

她想把那當成一個小小的、秘密的行動。

江感覺，如果可能的話，她甚至會想閒閒散步去醫院，動手術。

他們於是各騎一輛腳踏車，離開他們的家，前往濱海小街，再從濱海小街轉公車，抵達醫院。

母親滿五十九歲了。她始終沒背好二十六個英文字母。她拉了一輩子左耳，吸了三十年粉塵，左耳後長出兩顆小小的腫瘤。

江接過母親的背包，站在長廊上，看穿著綠色手術服的護士，用識別證刷開那堵不鏽鋼鑄的門，將母親領入門內。一瞬間，門重新密合。江只看見自己的身影，反映在那上頭。

江回到塑膠椅前，放下背包，讓自己坐好。

十分鐘後，眼前的電腦螢幕，浮出母親的名字；名字左側，現出「等候中」三個字。

等、候、中。江在腦中靜靜勾勒這則關於母親的注釋。

江打開母親的背包，發現裡面裝了兩件薄外套、兩把摺起的傘。

江想起，出門之時，在那方他借用的田地邊，母親特地停下腳踏車，望望溝渠尾，他那一小塊比墓地上的墳草還更潦倒的作物。

母親瞇著眼，對他笑，並沒有對他說什麼。

那一刻，他明白自己已經成功說服母親了——在她眼裡，他已經是個無傷無礙的廢人了。

他已經被原諒了。

末章
最後與最初

祖父死了，祖母更沉默了。逝者被埋實三年後，江的父親舉家搬出祖厝，在幾百步遠的田地上另起一屋。那時，不再有人能揪緊他的心，對他示威或示弱；不再有人能以種種方式向他需索，要他一再證明自己全然無恨、在乎極了那片田野與那進祖厝。每天傍晚，他自礦場平安回來，穿著烏黑的汗衫，坐在新屋門檻上等月亮。

他不只是看上去空蕩蕩的，他是整個人都早給掏空了。

那是一直以來，江對父親最深的印象。

如果記憶是可靠的，那時，父親必定會見到祖母在夕陽下奔跑的姿態，他也許也曾試著去扶挽自己的母親。奇怪的是，奔跑的祖母和坐在門檻上的父親，在江的記憶中，彷彿是分開的。

日久天長，在江的記憶中，彷彿什麼事都和那樣呆坐著的父親分開了。

最後一次，江必須去找黑嘴，向他問明一件事。

在母親的記憶中，有一個僻靜的角落，那是黑嘴最可能會在的地方——一處最適合牠的隱蔽所。江想像，他只要回身背海，就會看見那座飄著細雨的山。江越過吊橋，越過濕草地，走上道路的盡頭，走進那片被封起、被遺忘的山。那時，在蜷曲狂長的野藤野樹中，江一眼就能看見黑嘴，靜靜躺在竹叢底。

以半身等待死亡。在等待伊時，江以爲黑嘴會將自己僞裝成比松果更嚴肅的東西。然而，黑嘴還是那樣散漫地躺著，就像牠最後一次躺在輪胎邊那樣。

「嘿，」江邊走邊對黑嘴說：「在竹叢下，你應該裝成一枝竹筍的。」

黑嘴用兩隻前腳壓住耳朵，蓋住眼睛；「喔，我眞不敢相信，」黑嘴喊：「你居然做這種無聊事——你就不能讓我好好藏起來嗎？」

「我來找你，想問你一件事，」江趴在黑嘴身邊，對黑嘴說：「那天，你不是一路追著迎親的車駕，去到山村了嗎？你能說說看，你看見什麼了嗎？」

黑嘴放下前腳，拔拔鬍鬚，臭臭屁屁想了半天，然後伸出一根趾頭，在江面前比畫比畫，牠說：「那可不是什麼『車駕』喔，那只是一輛計程車。」

「計程車？」

「嗯，紫色的。」

「紫色的？」

「嗯，半新不舊的。」

「半新不舊的紫色計程車？」江想了想，說：「狗天生都是色盲，對吧？」

「不，也有不是的。我就不是。」黑嘴說。

江決定不打斷牠，讓牠繼續說下去。

黑嘴說，那天，牠追著一輛紫色計程車，一路奔到山村，江的祖厝門口。牠並不知道自己不會再回後山的樓屋了，所以牠行李也沒帶、早飯也沒吃，心情也沒準備好，就夾著尾巴，撞進庭埕前的人堆狗堆裡。大概有一百隻狗嚷牠罵牠，有一百個人抬腿踹牠。牠在棚架底、在桌腳邊藏來躲去，瞥眼看江的父親母親走下計程車，走進祖厝裡。完了。

「啊？完啦？」

「你想聽一隻狗被一百隻狗滿山遍野追咬一整天的故事嗎？」

「不，並不想。」

「所以我長話短說，總之，後來天就黑了。」黑嘴閉上眼，想像夜幕拉上了。牠說，那時，牠蹭回祖厝庭埕，皮不存，毛不附，瑟瑟縮縮，開始嗚嗚吹響狗螺。好一會工夫，祖厝裡有人晃出，對牠招招手，低低喚牠的名字，要牠過去。

那是江的父親。

父親抱起黑嘴，走進新房裡，給母親瞧。父親母親偷偷將黑嘴藏在床腳下，讓黑嘴躲了一整夜。之後，天將亮了，在床腳下，黑嘴感覺母親先醒了。不久，父親跟著也醒了。他們猶躺著，在床板上低低笑著，低低交談。

然後，黑嘴聽見江的祖母在廚房咳嗽。莊嚴、響亮的咳嗽聲——江的祖母將自己僞裝成一隻號角。然後，一屋子窸窸窣窣的衣帶聲，就像一群被趕上場的臨時演員。然後，江的父親起身，江的母親起身，他們各自披好衣服，裝作陌生人一般，一前一後走出房門。父親走出屋外，母親走向廚房。大灶前有個空位，那是之後十年，母親每天起床，會先走去的位置。

「你的故事有點……」江想了想，說：「所以，你其實什麼都沒看見嘛。」

「嗯，因爲我太害怕了嘛。」

江看看黑嘴。江想像那種咳嗽聲，在幽幽深深的祖厝裡蕩著。長廊裡，初醒的人們擤著鼻涕、漱著喉痰低頭走過。那照例是一個率先由胸膛、由口腔鼓動起的昏懵清晨。醒進世界裡，一種具體而沉重的感覺。在江的祖厝裡。

「你現在還害怕嗎？」江問。

「現在？」黑嘴四處望望：「不會。我早就習慣了。」

江看向遠方，看海的邊緣，夜幕的盡頭。江想像，在母親的記憶中，在另一處他無法想像的僻靜角落裡，母親，會將童年的自己，好好保存在那裡。那必定是一個大好的艷陽天；童年的母親，面海坐著，悠悠地、自由地想像著未來。瘦小的她，帶著一頂碩大的草帽，踩著一雙過大的拖鞋。佛甲草。濱防風。草海桐。那一切事景，在母親全部的記憶中，是一座不必向人提起、不用對人描述的大綠洲。

那是大母親偶然帶母親回娘家的一天；如果眞有那樣一天的話。

如果眞有那樣的一天，那時，遠方的棚架底，祝禱聲必定低低迴旋著。

那時，必定會有陌生的孩子們，來拉拉母親的衣角，摸摸她的臉，就像她是一個外星人，就像她是一個來自異星的親族那樣。他們會帶她去玩、去遊歷這個惟一的世界。也許，就在那個下午，在她的父親母親都不在身邊的時候，她就隨著這些好友善的玩伴們，在海底玩耍了好幾回。

然後，海面上有人喊她，遙遙喊她。她帶著兩鬢沙礫，自海中走出。喊她的人，是她的大母親。大母親帶她，去一間石屋裡還了草帽、還了拖鞋，帶她走回後山的家。

「再見。再見。再見……」相處了一日的玩伴們，還不時從低低的草叢裡冒出頭來，與她揮手作別。

再送她一程。

再與她揮手作別。

再送她一程。

大母親停下來，等她跟上來。大母親沉沉蹲下，整整她的衣服；從她口袋裡掏出幾把海沙、幾只貝殼。大母親用手抹抹她淚濕的眼，靜靜笑著，望望遠方。大母親輕輕對她說：「妳外公過去了喔，妳外婆也過去了喔。以後，要再回這個家走看，會一年比一年更難了喔。」

她不解，又理解。

她不解爲何會一年難上一年。

她理解離別是怎麼回事。

江在等候母親。

江想起，如果在他眼前眞有一面海，如果在海岸一角，童年的母親，眞能那樣靜靜坐著，悠悠曬著太陽，那時，在她的記憶中，不會有他，不會有他身邊這半殘的黑嘴。如果時間之中眞的存在著詭戲，如果他能這樣拉起夜幕，獨自走下山，重新走過濕草地、越過吊橋，去到那個艷陽天底的她的面前，她不會認得他——這個在多年以後，預先被她原諒的她的兒子。

她會對他笑。那是一種純粹善意的微笑。她不會知道，在多年以後，他居然只能以這種龐雜交纏的方式，重見那種她會給陌生人的，自在而寬坦的笑容。

那樣的笑容。如果他眞能這樣去見童年的母親，如果這樣無聲的會面眞能保存在母親的記憶中，那麼，很多年後，母親會突然記憶起童年的她與現在的江。那時，她會認出江來。

那時，在那樣的艷陽下，她回身一望，當視線被白茫的光線給阻隔時，她會想：原來如此啊——原來年輕時的歲月不過只是年老的自己的一段回憶；原來人活著，就是不斷自回憶抽身，不斷辨識出那些自己原來早該認得的人事，不斷復原到那最後最老的，眞正的自己。

原來不斷向後退去，只有最後的，才不是幻影。

原來每個人都一樣；事景褪盡，她自己的兒子這樣啓發她。

夜暗了，雨還下著，在江心中。

那時，她還會對他笑。曾經如此喜歡所有人的她，必定會拉拉左耳，對蕭索無用的江苦笑。她會對江說：「看看你，怎麼把自己搞成這樣了？」

那樣的笑容。江會回答她：「我故意的。」

因為江曾經以為，惟有如此，惟有如此，在他一個人的山村雨夜，在那間鼠蛙暗行的屋子裡，江才可以說，他想起一件好嚴重的事——那個一直呆坐在他身後的人，原來就是他自己的父親。

他於是趕緊跑去。

他會說，他想對他說：「你看，掘地三尺不見泉，掘地三萬尺甚至不能見黃泉，你原來還一直靜靜待在這裡，一動不動，也不呼吸。」江記得，江最後也許還會記得，那時，在他們的新家，他招他去飯桌前，給他一張鈔票，要他去雜貨店，買一瓶啤酒。

江高興極了。江出發，江在搖曳的光影裡，跑上產業道路，跑下田中小徑。

黑嘴跟著江。那時黑嘴尚能跟江。他們一同跑出將成廢墟的雜貨店。江手舉玻璃瓶，他們快步奔過煙火渺渺的田野。

江被黑嘴絆了一跤。江磕破玻璃瓶底。江爬起來，倒舉起玻璃瓶。江看泡沫竄出，玻璃碎屑下沉；田野之上，一切猶然浴著光。

黑嘴猶自在光裡快活地搖尾巴。江負著氣，倒舉半瓶酒，走回他面前。

「是黑嘴……」他對他咕噥。他皺著眉，困惑地看著他。

「是黑嘴。」他對他喊。他仍皺著眉。

他搶過他面前的玻璃杯，把半瓶酒倒插進玻璃杯裡，瓶身於是站住了。

「這樣行了吧？」他對他喊：「這樣就行了吧？」江走開。

那夜，父親於是無酒可喝了。

他的汗衫烏黑；他的月亮尚未升起；他無酒可喝，然而他模糊地笑了。

他看看眼前的酒瓶，四處望望，那樣搔搔頭，默默對江傻笑。

江撞開房門，躲進房裡，把自己關在牆後。

只有一牆之隔，眞的只有一牆之隔。然而，那麼近的距離，在那麼長遠的時間後，江卻漸漸不再能清楚想起自己父親的樣子了。如果他不是一個那麼容易受挫的小孩，如果他有耐心，如果他知道時間已經秘密在倒數了，如果他知道他將只有四年的時間可以記憶他，他會留下來；他會蹭到他身邊，他會輕輕問他：「父親，你在笑什麼啊？」

「父親，小心啊，你爲什麼看起來那樣開心呢？」

在他的工安手冊上寫著——「每下潛十五公尺如喝下一杯純馬丁尼。」但在幽暗的地底，他們將如何空手測量垂直的深度？他們會如何想像一種從未喝過的酒的滋味？那樣一本工安手冊，掩起書頁，放在他的褲袋裡；江猜想，他只是帶著，他一下潛，就再也不能翻讀它。

那夜，他無酒可喝了。對江而言，他就像帶著他的傻笑，帶著環繞著他的一室靜默，直接潛入那道礦坑底一樣。那時，火苗沿樹根燒竄而上，整座山都熟了，地底不再有光。對面不能視人，他獨自盤腿坐在幽暗的洞穴底，看頭髮一根根在空氣裡歪扭，黏塌在自己眼皮上。他無酒可喝。他的腰間，繫著鋁水壺，水壺裡裝著自己最後能擠出的一泡尿。每隔一陣子，他就打開水壺，用尿潤潤嘴唇。最後，水壺全乾了。他的手錶突然炸開，塌在他的手腕上。他褲袋裡工安手冊的塑膠封套融了。他全身的衣物向他貼緊，他有一種自己正在快速發胖的錯覺。然而，當他們找到他時，他們發現他其實是瘦了：他的表情、他的皮肉都被蒸發了，他屈著身，被搬到烈日底下。

他看起來，就像是他自己的一片水淋身影。

七月天。綠色的菅芒草叢。熾熱的泥土冒生水氣。山頂的涼風。遠處的呼喊。江看著那樣的他。江看著他們被留在災難的上方，世界依舊充盈那樣多的言語。江想蹭回他身邊；江想要告訴他一些事；江盼望，或許有朝一日，在一個故事中，他不再只會像是死屍一般，他會有完整的如常的一天。

然而，江失敗了，江再也無法那樣做了。

在他離開後，自他下潛於地底不再回來後。江發現自己再也找不到方法，能靠他近一點了。江無法永遠讓時間駐留。一日一日，當事景猶不斷向七千三百多個日子之後堆疊，他恐怕終於只能無語對他了。他不再能幼稚卻信心十足地對他喊：「父親，你看，一切都還來得及喔——因爲我已經學會寫字了。」他想寫很多字，因爲他有好多話想對他說。他甚至可以爲他描述一顆太陽——暖融融的、光亮亮的，照亮綠油油的草地的那樣一顆和煦的太陽。那可以提醒他們，或許，世界並不必然眞的就是那樣生硬而無以逆轉的。

生硬而無以逆轉的，江再不能夠了。

因爲一夜未眠後，當他在他留下的屋裡等候母親時，他呼吸著，他發覺自己，原來也已經是個半老的人了。

「你來找我，就是要問我這件事？」黑嘴問江。

「嗯。我只是想確定，當時，我父親眞的在場。」

「廢話嘛。他的新婚之夜，他會不在場？」黑嘴得意地說：「我還記得，那天，第一次見到他的時候，我有好好地吠他幾聲。」

「ㄈㄟˋㄊㄚ？那是什麼意思？」

「嗯……我不太會解釋，你知道，就是你丹田裡有一口氣，你把這口氣往上憋，憋過胸腔，憋過氣管……」

「喔，你說『吠他』。我懂了。」

「因爲當時，他對我來講，是個陌生人嘛。」

「陌生人。嗯。這個我懂。」江說：「所以，當時，我母親也在場，對吧？」

「眞受不了你。所有人都在場，我也在場，只有你不在場。這樣你懂了吧？」

「好。好。我只是想確定這件事而已。」

「不過，我現在可沒有那種東西了。」

「什麼東西？」

「丹田。」

「喔。對。我忘了。」

「不過沒關係了，你知道，我現在最重要的任務，就是保持安靜嘛。」

「對。那我們別再出聲了。」

「好。」

江幻想自己沒有發出任何聲音。江幻想那些在長廊裡一起等待的人，沒有一起回頭看他。江幻想自己出發時就明白死去一半的感覺——那些在回望的途中，被他認出的滿路人影。在滿路人影中，他背起母親的背包，與母親一起涉過山村史上最長的旱季。田野乾涸。白色的蝴蝶在飛行，像被不斷淘洗、不斷曝曬的片片紙張。

江想起那個清亮的黃昏，母親的手閃著藍光。

江想起當金黃光影漸次暗沉時，他們站著、看著，說著話。

江想起，當幽暗的海無望地包圍他們時，母親靜靜望著，也淺淺地笑了。

夜暗了。江望著長廊裡，電腦螢幕上，關於母親的說明，一次一次，被疊換上不同的字眼。然而江還在等候。預先被原諒的他，在等候他們將他的母親，牽領出來。等候他們一同，將他們的旅途，接續走下去。

他將會快樂地走下去。只因爲此時此刻，他發現自己也已經變得空蕩了。只因爲他知道，此刻過後，在他空蕩的心裡，再沒有什麼，會比被像她那樣的人原諒，還要更令他難受的了。

二〇〇二年十一月——二〇〇四年九月

〈附錄〉

活

那天，樹根透過他弟弟——甜粿——傳話給我，說他一下子有了三點重大發現：第一點，這個世界眞是太複雜了；第二點，他弟弟甜粿原來是個天才；第三點，他自己的腦袋一直都有問題。聽到第三點，我忍不住哈哈大笑，樹根的腦袋之彆扭，在這個世界上，還有誰比我更清楚呢？

但，且慢，我想我還是從頭說起好了。

那天午夜，我帶上兩瓶高粱，往樹根家裡去。那時，細雨茫茫，四野無人，我走在濕潤的草地上，瞥眼看見一隻年輕的蟋蟀，抖擻著觸角，跳到我右邊，牠六足抓緊草尖，摩起前翅，怯生生地唱起一首深情的歌。在我左邊，十步開外，一隻年輕的青蛙，也四蹼按在水坑裡，鼓起胸膛，情深深地唱起一首生怯的歌。青蛙唱得響亮，壓過了蟋蟀，但蟋蟀立即好鬥地吼起，聲響又蓋過了青蛙。一蛙一蟋蟀比試著、較量著，天地間充滿了摩擦鼓鳴聲，所有非人的生物都嬌羞地迴避了，連我這萬物之靈也聽得雙頰緋紅，好不害臊。很久以後，青蛙累了，不得不停下，但牠終於想起：「哼，我是蛙呢，我可以吃掉你。」於是牠縮起肚膜，向蟋蟀躍去。蟋蟀也累了，牠靜聽著沉默，突地想起：「呀，我是蟋蟀呢，我會被吃掉。」於是牠拖起尾絲，跳離草尖。在那廣漠的草地上，青蛙和蟋蟀追逐了起來，愈來愈遠，愈來愈小，愈看愈像一對愛侶……，請不要奇怪我爲什麼知道青蛙和蟋蟀在想什麼，因爲那是我瞎掰的，我只是在想，等一下可以說些什麼趣事，讓我的朋友樹根開心一點。

生爲樹根從小到大的哥兒們，以及他在這個世界上惟一剩下的朋友，我時常覺得自己有義務關照他，所以，我常常跑去他家灌醉他，讓他不要老是想著活著有多痛苦。您也不要覺得我去的時間——午夜——很奇怪，事實上，我自己都常常喝得昏昏懵懵，醒來的時候搞不清楚現在幾點幾分，不過，我一醒來，只要發現身邊還有酒，我一定馬上帶著，到樹根家找他一起喝。總之，那是很尋常的一天，我睡醒了，酒還有，我就走去樹根家，而時間恰巧是午夜，就是這麼一回事。

草地邊緣，有一間土磚黑頂的矮房舍，那就是樹根家。細雨中，大大的月亮壓著房舍屋頂，房舍旁，一棵巍巍的大樹給這樣的月光照透了骨幹，一枝一根，都看得一清二楚。我定定神，才發現那巍巍的大樹，原來是兩棵樹一前一後疊映在一起，遠的枝葉繁茂，近的枯意索然，連根都浮出了土，在那樣大圓月亮的瞪視下，像要騰空而去一般，我的心中，因此升起一種不祥的預感——算了，我胡扯得太過分了，樹根家旁邊並沒有樹，而像我這樣一個天天茫的酒鬼，也沒有眞的敏感到預先察覺事情有些不對勁，我只是一邊走著，一邊還在想著有關青蛙和蟋蟀的故事，然後，這個故事終於被我想通了。我想，等一下我可以來個「倒敘法」，引起樹根的注意，我可以告訴他說，我在草地上，遇見這麼一隻體型碩大的青蛙，青蛙一動不動蹲在地上，緊咬著嘴，抬頭瞪我，從牠嘴裡，分明發出蟋蟀的鳴響——吱吱吱吱，唧唧唧唧，吱吱唧唧，唧唧吱吱……，「很奇怪吧，你見過會模仿蟋蟀的青蛙嗎？」嗯，我決定就這樣跟樹根講。

就在那時，樹根家傳來一陣充盈胸臆的笑聲，那是甜粿在笑，那笑聲大到足以震起月亮，也著實嚇了我一大跳，幾乎使我腦中好不容易捕捉住的那隻青蛙提前吐出一隻蟋蟀，嗚著響著，向濕潤的草地逃去。「什麼事這麼開心？」輪到我感到好奇了，我把剛剛編的故事丟到一邊，三步併兩步，往樹根家跑去。

樹根家門沒關，我一進廳裡，就看見甜粿獨自坐在桌前。甜粿猶自哈哈大笑，一隻光腳蹺到條凳上，渾身都是泥水——這我見怪不怪了，因為我知道，甜粿常常穿著衣服跳進河裡玩水，起來的時候就是這副德性，我感到奇怪的是，桌上擺滿了空酒瓶，而甜粿看起來卻一點醉意也沒有，因此我想，這些酒一定是被樹根喝光的，「好傢伙，有酒喝也不找我。」我對甜粿說，一面到處看看，想找樹根。我立刻就找到他了。雖然光線很暗，但穿過房門，我銳利的左眼馬上就看見他躺在自己房裡的床板上，我再看看床邊地面——「幹！」我大吼了一聲。請原諒我這麼粗魯，因爲我實在太憤怒了，我感覺自己渾身的血都沖到腦門上，整個人一下子清醒過來，連手上的兩瓶高粱都摔到地上去了。我心中只有一個念頭——幹！事情終於還是發生了！

現在想想，眞是可惜了那兩瓶酒……講到哪裡去了？明明打算要從頭說起的……對了對了，我應該要從樹根的一天說起，而不是從我自己的一天說起——哈，天曉得我這種人的一天，該從哪裡開始？

那麼，關於對我朋友樹根而言，這樣重要的一天，我想我還是不要隨便插嘴亂扯好了。總之，經過甜粿的傳話，以及日後我個人的猜測，那天，事情經過是這樣的。

一清早，最開始，樹根眞的以爲會發生什麼異樣的事——例如，他自小在圖畫中看多了的牛頭馬面，應該攜枷帶鎖，從眼前某處破空而出，不由分說，將他提走。或者，掌管山村地界的土地公，在他費勁脫離身體那時，應該早已溫吞吞地坐在床沿等他，「辛苦了。」土地公會欣慰地對他說，並且執起枴杖，在前爲他引路。又或者，至遲至不濟，此時也該有什麼路過的野鬼孤魂，看見他這副前胸透後背的怪模樣，會高興地大呼一聲：「啊哈，你也玩完了吧？」

然而，什麼也沒有，樹根站在床板上張望半天，什麼鬼東西也沒瞧見。

（現在怎麼辦？）樹根問自己。這句獨白在他腦袋裡迴盪良久，使他整張臉漸漸盪失了形狀，他趕緊用兩手手指叉住兩邊眼眶，這才保住眼睛。（搞什麼？好像人天生就知道該怎麼做似的。）他埋怨著。但他不敢再多想，他低身，單腳一蹬，將自己彈起，穿越了四十年羅漢腳生涯積累的濁重氣息，穿越了二十多年來每逢夏天，他弟弟甜粿必要以兩桶柏油渣凝凝重鬆的黑色屋頂——那粗粗的質地刮去了他半兩靈氣——嘩然投入山村雨中。他翻轉一圈，遠遠望見大馬路旁的雜貨店前，他的村人——裡面包括我哩！——如常散亂蹲著，淋著雨，灌著酒，傳遞撕咬一隻烘雞。遠處的山村小學，鐵鑄旗竿成四十五度角歪斜。他抬頭看高處，雨從各個方向打穿他，他一舉起手，手就像海灘上兀自佇立的沙堡一樣滴滴漏漏地變形。

但他還是勉力揮了揮手。

（喂，我在這裡。）他無聲地喊著。但不片刻，他發現所有人都看不見他。（啊，他們在那裡喝酒、吃著雞肉呢。）他想著，（而我已經飄浮在空中了。）他低頭，（而且在半空中，雨水還這樣自由穿過我的胃。）他雙手環膝，抓住腳板，弓起身，想藏起千瘡百孔的胃。他聽見椎骨磕磕答答的彎折聲，但這響亮的聲音吸引他以更大的力道集中自己，他的手腳縮進身體裡，眼球向前凸出，不一會，他將自己鼓成了一顆大圓球。他鼓鼓脹脹，跳動起來，以凸出的視線四方搜尋。

（嘿，你們都沒發現，）他愉快地想著。（連我自己都看不見我自己了。）

半空中，一隻孤鳥銜著一條蟲，緩緩飛來。地面上，一個女人背對他，半蹲下，用右肩支起扁擔，兩手搭住扁擔兩頭的尼龍袋，艱難地站起，但一站直身，立即邁開利索大步，向雨中直逸而去。他滿心歡喜，跳到孤鳥面前，（您好啊。）他打聲招呼。孤鳥視而不見，散亂著鳥眼，向他逼近。（等一下、等一下，）他倒退著，（聽我說，我深愛著您呢。）蟲在鳥口中不安分地蠕動，孤鳥咬緊喙根，繼續飛著。（您不信？把我的心給您瞧。）他的手在體內搗弄一會，摘下心臟，伸出來，高舉在孤鳥面前，展示著。

孤鳥與蟲各自面無表情，穿過他的心，穿過他的心原來該在的那個體內的空洞，穿過他整個圓圓胖胖身體，揚長而去。

（唉，唉，唉，您真是的。）他哈哈大笑，目送牠離去。

只一瞬間，他已將心復原。他搖搖頭，頭一下蹦出體腔。他踹出雙腿，對自己笑笑，（沒關係，現在的我，可以愛萬事萬物。）他發一聲吼，大感舒暢，他繼續上竄，直到那整座他活了四十年的山村，在他看來，比一粒米大不了多少，直到那鎮日下在山村裡的雨，看起來，像是同一滴常凝米粒之上的水。（十、九、八、七……）他默默倒數，數完之後，他奮力撲向水滴，山村在他眼前不斷放大、放大、放大，（我要跳進那條河內……）一想完，他已經沿著一道瀑布，跌進河水之中，河床上大大小小的岩石猛烈撞擊他、分割他，他嘴咬手，手提腳，腳夾著腦袋，痛快至極。

他又竄回天上，這樣反覆跳了一百回。

將近黃昏，他停下，坐在河灘上。長長的沉默中，他看見路邊散亂堆了一大疊磚，像是有人千辛萬苦將磚搬到這裡，想在路邊建一幢房子，但突然想起了什麼，就匆匆走了，從此再也沒有回來過。他看見山壁上開了一個大洞，從洞中汩汩湧出紅褐色鐵鏽一般莫名的水。他看見一輛四輪朝天的大卡車，它一無所缺，像是原本就打算要永遠這樣躺著似的。

一隻螞蟻緩慢嘗試獨力拖動一隻死掉的蝸牛。

一整本書散亂在一片雜草地上。

那隻孤鳥，又銜著小蟲飛了回來。他覺得牠好像迷路了。

同樣一座山村，同樣一座他在其中活了四十年的小山村。長長的沉默中，他看著夕陽，突然又竄起，降落在自己家，穿下屋頂，在橫梁上坐著，晃盪著雙腳，發著呆。晃著、呆著，直到光漸漸落盡，空氣向深處暗去。（沉默無光的黑夜，一如往常，一如現在。）他萬般蕭索，比活著時更蕭索。坐在自己房裡的橫梁上，他將自己的手指頭一根一根抽直，將腳板扳平，將耳朵拔尖，努力嘗試把自己經歷過的時間，想出一個意義來。很快地，他的臉又溢失了形狀。

然後，在那一片幽暗中，他看見他弟弟甜粿，走進廳來。

甜粿一手放下一洋鐵皮柏油桶，小心翼翼捲起褲管，坐在小板凳上，一腳浸一柏油桶，就著桶裡的清水，饒富趣味地搓洗自己滿是污泥的腳，左腳、右腳、左腳、右腳、左腳……，並且間歇發出意義不明的笑。（唉。）他歎口氣，閉上眼睛，又一次一無遺漏地聽取甜粿意義不明的每聲笑，足足聽了一小時。

（咦？）突然之間，他聽見甜粿發出一聲沉默的疑問，他張開眼，發現甜粿正抬頭，透過房門，望著坐在橫梁上的他。

（你在幹什麼？）甜粿問。

（你、你看得見我，你聽得見我想什麼？）他說。

（看嗎？有啊。）甜粿說。他簡直不敢相信，他太驚訝了，他跳下橫梁，張開雙臂，撲向甜粿，想擁抱他，（哇哈哈，你可以跟我說話？你怎麼會……天啊，他們還當你是……哇哈哈。）就在那時，他的雙臂撞上甜粿，向外彎折，幾乎裂斷。

（所以，）甜粿看著這一切，說，（所以，你也變成這樣了。）

良久，（對啊，輪到我了。）樹根起身，組著自己的手臂，黯然說。

但甜粿微笑著，似乎並不完全明白「變成這樣了」是什麼意思，只是如常繼續洗著自己的腳。好不容易洗完，他打著赤腳，收起小板凳，將兩桶水提到屋外倒掉，然後坐到桌前，蹺起腳，十指放在桌上，輪流閒閒敲著桌面。無臉的樹根，在自己家裡漫無目的地飄著，偶爾飄過自己房門時，他會看見房間角落，凌凌亂亂堆著一架石磨臼，一圈橡皮水管，一片櫥紗門，一頂打穀機的風箱，一具忘了原先是幹什麼的木製大缽，半根無齒的豬哥扒，半頂無把的鐵鋸，三分之一個鋁皮便當盒——「另外那三分之二個哪裡去了？連便當一起吃了嗎？」每次我看到那個搞笑便當盒，都很想這樣問樹根——以及，寂然躺在床板上的，另一個自己，樹根心虛地望著這一切，艱難地想著，（怎麼我竟會活成這樣？）

（難道，）樹根看著兩個自己，（還能再死一次嗎？）

在他身後，甜粿輕哼著，好像正唱著一首歌，那樣地心滿意足。樹根飄到甜粿前方，仔細看著他，把他整個人，裝進自己眼裡。他看著甜粿快樂的臉，看著他擱在桌上的十根手指，看著他架在條凳上的，濕淋淋的右腳，看著他踏在地上的，濕淋淋的左腳，看著他那兩截猶滴著泥水的褲管，（爲什麼，）樹根突然感到莫名地憤怒，（你每天花那麼多時間洗腳，卻又一下子就把它弄髒？）

（爲什麼？）甜粿搔搔頭，思索著。

（算了，不必想了。）樹根說。

樹根飄開幾步，背對甜粿，不願再看他。細雨不眠不休地下著，屋外的草地上，空氣暗到最深處了，樹根確實感到一種新生的疲累，（唉，）他放棄思索，對自己說，（好想喝口酒。）

（酒嗎？有啊。）桌前的甜粿說。

樹根回身，看見甜粿雙腳踏在地上，起身，彎腰，從壁邊提出一個柏油桶，放在桌上。他飄近，望向桶內，看見裡面裝了十數瓶米酒，他再看看釘在壁上、盛著神主牌的托盤，立即知道，這是甜粿用來祭拜的酒。（是啊，父親母親都過世那麼久了呢。）他悠悠地想著。甜粿重新坐下，取一瓶酒，拔開鬆動的瓶蓋，就著口，兀自呼嚕呼嚕灌將起來。一整瓶酒就這樣被他喝光了。甜粿抹抹嘴，對他笑笑，把空酒瓶放在一邊，又舉起一隻酒瓶，彈開另一個瓶蓋，繼續呼嚕呼嚕灌將下去。一瓶酒就這樣又喝完了。甜粿再抹抹嘴，手探進柏油桶內，拿出第三隻酒瓶。

（喂，）樹根忍不住說，（我的意思是，是「我」想喝酒。）

甜粿笑笑，舉瓶就口，依舊呼嚕呼嚕呼嚕嚕將酒一氣灌落腹底。

（好，你有種，）樹根生氣了，（居然這樣對待你死去的哥哥。）——對不住您，以上那句回答完全是我編的，我實在忍不住想講笑話。其實，樹根已經說不出話來了，每次他只要一動怒，他就會說不出話來，他會雙眼含淚，瞪著那個激怒他的人，同時覺得自己很委屈。當時，他也是這樣的。無論如何，當第十一隻空酒瓶整齊地擺在桌上，當甜粿的頭在樹根眼裡，成了一顆剝皮的紅番薯時，甜粿問樹根，（準備好了嗎？）

「準備什麼？酒杯嗎？哈哈。」如果是我，我會這樣回答。

別理我。總之，在那時，樹根看見甜粿閉上眼，深吸一口氣，一手掐住鼻子，緊抿起嘴，像是潛進深深的水底那樣用力憋住氣。五分鐘過去了，甜粿的臉愈來愈紅、愈來愈紅、愈來愈紅，紅到樹根不禁擔心了起來。（喂，你搞什麼？）樹根問。突然，他感覺甜粿整個人鬆開了，變得愈來愈大、愈來愈大、愈來愈大。他驚訝地看著，下顎自動彈出，簡直就要掉到地上去了。就在那一刻，甜粿身上每個漲大的毛孔，一起蒸出濃熱的雨霧，隔著桌子，隔著眼前空空的酒瓶，迎面向樹根襲來。

那真的是酒，那是酒醚積成的大霧。樹根感覺到了，他感覺自己一下子被酒給喝乾了。他覺得幸福極了。

他好不容易拿住自己的眼睛，看向甜粿，甜粿的眼角吊著用力憋出的淚，白著臉，也正注視著他。

（喝到了嗎？）甜粿問。

（有沒有鬼跟你說過，你是個天才？）

（那麼，）甜粿說，（再喝嗎？）又拿起一瓶酒。

（不了。）樹根說。

他知道自己不可能醉得更幸福，已經不想再喝任何一口酒了。他醉了，像根漂浮在水上的羽毛那樣飄在空氣中，但奇怪的是，在那樣幸福滿溢的時刻裡，他一張眼，看見那張擺滿酒瓶的桌子，立即又想起了母親——等一下，聽到這裡，我忍不住抗議了，我並不認爲是那張桌子的關係，事實上，自我認識樹根以來，每次他喝酒一喝上勁，就會開始痛哭流涕地講起他母親。並不是我不願意聽他說，而是有些事，他已經提過太多次了，那使我懷疑，他已經把那些場景牢牢掛在腦裡，好比風乾的臘肉，專門等著拿出來下酒似的。

「桌子是無辜的！」我大力敲著桌子說。

「你閉嘴！」樹根透過甜粿傳話說：「就是這張桌子讓我想起她的，不行嗎？」

我想想也對，您不能去預測別人看到什麼會不由得想起自己的老娘，對吧？

「好吧，」我說：「但你最好講點新的，不然大家都會覺得很無聊。」

「你放心，這件事我藏在心裡很久了，剛剛才想通。」甜粿傳話說。

總之，那張桌子——樹根說——讓飄在空氣中的他，立即又想起了母親。他想著，在那全無預兆的某一天，他的母親放棄一直未竟的逃亡企圖，決心將自己釘在這張桌前，從此半步不移、一語不發。在那之後，每當他和甜粿回到家時，總會看見她靜坐著，耷拉著頭，亂髮披覆整張桌面，髮底，一張嘴憩在一口大碗上，啃咬著、咀嚼著。他會蹭到桌邊，撥開母親長長的髮，想看清楚母親究竟在吃什麼。碗裡，毫無意外，總盛著一張說不清是什麼動物的皮連肉，母親銜起一端，慢慢嚼著。而，「別煩我。」母親會用齒縫說，並且用手撥亂自己的髮，再把自己埋起來。她什麼也不看，也不想讓任何人瞧見，只是一意靜靜吃掉自己生命最後長長的尾端。終於，當他們最後一次走到桌前，撥開她的髮時，他們發現她眼前結翳，口鼻淌著白沫。母親成功了——她提前隱匿，徹底成了一個沒有知覺的人。

那是一個像現在這般沉寂的黑夜吧——他想著——那時，弟弟思索一會，立即操起刀剪，將母親理了個光頭。他的弟弟，每天夜裡，會將一個大鋁盆拖進廳裡，打滿水，將母親搬進盆裡，在盆裡洗著母親。那時，他總是半躺在床上，透過房門，看著這一切。他看見半個白胖而無毛的母親，依舊耷拉著頭，依舊不言不語，任兒子搓挪著，良久良久。他始終記得，他始終記得一顆燈泡從橫梁垂下，大鋁盆映起昏黃的連紋水光，他弟弟，他那做什麼事都孩童一般無可無不可的弟弟，用手掌撐開母親身上層層疊疊的肉，潑著水、刷洗著、潑著水、刷洗著……那樣像是永遠無法結束似的。

那樣一座水光連天，永遠下著細雨的山村。

但爲什麼呢？爲什麼母親會突然放棄一切動作，突然甘願那樣無知無覺地活在山村裡呢？

他在半空中回身，靜靜看著屋外，那在深深的黑暗中，不斷落下的細雨。（知道嗎？）他看著那樣的雨霧，對甜粿說，（今天，我去跳水了呢。）

（跳水嗎？）甜粿偏過頭，愉快地想著，（有啊……）

（跳水呢，記得嗎？我今天把一輩子的水都跳完了。）他浮起自己，轉動眼，透過房門，一躍一躍看向床板，（把你一輩子會跳的水，都一起跳完了呢——記得嗎？）他對自己說。（記得嗎？是的。）他閉上眼睛，在充實的黑暗中浮浮沉沉，黑暗中彷彿有一個聲音回答他，是的，看見了，看見了。然後，突然之間，就那樣毫無預期地，過往的熾熱的時間叢，都一起向他迎面爆破了。他看見了……

「請問……」我問他：「你說的那個什麼叢的，是什麼東西啊？」

「你先別管。」甜粿傳話說。總之，那意思是過去的往事都一起回來了，他說，他眞的看見了，他看見在那濃重的、那亙古以來一直如此的雨霧中，一個艷陽天綻放了，那些曾經活潑潑的人們，圓足地笑著，走進一排白瓦砌成的廠房裡，爬上灰鐵鑄成的樓梯，直直走向它的心臟。那群人當中，有一個，是他的父親，還有一個，是他的母親。他的父親母親，一同走向工廠大門，大門口的守衛亭，由一個流浪漢占著，亙古以來一直睡在那裡，悄無聲息。母親伸手，將新蒸的饅頭擱在守衛亭的窗檻上，趕上父親，趕上人群。陽光晃動得厲害，母親以手覆額，那些黃衫黑褲的男男女女，都健康無慮地晃動著步伐，彷彿著火一般。

他們爬上灰鐵鑄成的樓梯，走進工廠的機房裡，他們要清洗冷卻水塔，放乾鍋爐的蒸氣，擦淨壓縮機的油垢。那間熱烈而潮濕的機房，那顆鑲在廠房半空的心臟，那些鋼肢與鐵管纏成的黑暗機器裡，住著億萬隻飢餓的跳蚤，牠們認出了未出生之前就已等待著的血與肉，牠們沉默而且各自瘋狂了。

黃昏時分，那對新婚夫婦，他的父親母親，手牽著手奔出廠房，他們渾身是汗，渾身的油污與跳蚤。母親望望守衛亭，望望窗檻上消失的饅頭，對父親眨眨眼，笑著，如此他們完成了一天的工作，心暢意酣地回家了。

如此，在漸漸緩慢的浮沉中，在甜粿一意的歡笑中，他聽見他們奔過濕草地的聲音，他看見，在這間朦朧小屋裡，他們推門，走了進來。他們好年輕，他們如此輕手輕腳地脫光彼此，拉開一點窗縫，把棲滿跳蚤的衣物擲出屋外。然後，他們對視著，他們一身紅癢且熱切地對視著，他們甚至忘了把窗戶推回去。這些，他都望見了，他看見就在這張桌旁，在他弟弟甜粿身後，他的父親母親，裸著身體追逐著，在世間所有被蒸散而出的雨霧之中。

（哈哈哈。）他的母親說。

（哈哈哈。）他的父親說。

（哈哈哈。）他的弟弟用一輩子的時間這樣說。

那又是一個靜默的夜吧，那時，一身的傷痕不會令他們想起世上的一切苦役。（然而，記得嗎？）他兀自想著，好像終於能夠終於用這雙彼時早已無法碰觸任何東西的手，揮散那些雨霧，他看著他的父親母親，他沉默地想著──當然，你們不會知道，很久很久以後，你們即將如此歡快地陸續生下兩個孩子，頭一個，有著一雙畸形的腳，終其一生不能讓自己好好站著，第二個，有著一顆如此巨大的腦袋──「那個呆子。」每個鄰人，都會這樣長久而公開地稱呼他。

他看著他的弟弟甜粿。（記得嗎？）他對甜粿說──你一定已經讓自己忘了吧，所以你才會這樣笑著。你忘了，在那座山村小學裡，每一位新來的老師，都立志一定要讓你學會寫自己的名字，他們牢牢握住你的手，緊掐著鉛筆，在紙上畫著，說——「一個舌，一個甘，一個米，一個果，記住了嗎？會寫了嗎？」你每次都記得笑，彷彿這是一個每位大人玩之不厭的遊戲，但你不會知道，有一天，他們的耐心突然就耗盡了，他們會牢牢抓住你的手，抽出藤條，一下一下打在你的手心上，「怎麼那麼笨？怎麼那麼笨？怎麼那麼笨？」他們吼叫著。你看著自己漸漸紅腫的手，完全不明白這是怎麼回事，但在那光線慘白的教室中，你看見每個人都笑了，因此你也張嘴哈哈大笑，你的老師停下動作，楞楞看著你。（快跑啊。）你不知道，下一秒鐘，他們就要抓著你的肩膀，狠狠抽打你的背，你不知道，他們暴怒了，他們一點辦法也沒有了，他們只有確定你也會痛哭，才能當你是個人。

但你們什麼都不在乎。（記得嗎？）「去玩水囉。」——父親總也這樣喊。這時，你一定記得快樂地應和，父親背起我，而母親牽著你，另一手捧著毛巾。我們出發了，我們無論有傷無傷、無論能不能行走，都要一同向那河灘去。你眞是一個善泳者，你一定第一個涉過水，你赤著光瘦的上身，站在河中央一顆牛背一般的大石頭上，對我們說——「魚，好吃嗎？」然後撲通一聲跳進水渦裡。我們在岸上，每次都笑了，我們笑著回味父親說過的一個無聊故事，說是有一個持戒的修行者路過河灘，一時嘴饞，抓起一條魚，烤了吃，吃到一半時，焦黑的魚彎起露出骨骸的半邊身，抬頭問修行者——「魚，好吃嗎？」我們無礙地笑著你的模仿，看你那赤條的骨架，在河水中打旋。

（魚，好吃嗎？）半空中的樹根，默默問著甜粿，然後，彷彿力氣耗盡似的，他降落在桌子上，張開眼睛。就在那一刻，他發現在桌前，弟弟身旁，原來一直坐著就碗啃食的母親，那時，門被推開了，他看見父親走了進來，頭上披著濕濕的大毛巾，父親撥撥母親的髮，愉快地哼著一首歌，而，「別煩我。」母親說，不，母親尚不會這樣說，母親什麼都沒說，母親肩膀微微抖動，陰鬱且黯然地笑了。父親的歌，唱得眞難聽，就跟父親講的笑話一樣，然而，父親眞是一個這樣終身愉快、健朗且輕忽的人，所以才會那樣突然地慘死，所以你只會記得他的歌和笑話。是的，（記得嗎？）他一直記得，在那河灘邊，父親牽著自己的手，陪著固執地生著氣的自己，陪他坐著，看水中央的弟弟，看河岸邊的母親——「你不能過去，但你看著吧。有沒有？」父親說。

有沒有？在那河灘邊，孤孤一棵楊柳低身啄水，河的另一面，野薑花怒放著，那千百年前就已切成的紅褐色河谷，在瀑布之下，那顆牛背一般的巨石經歷了萬次洪荒，每次都只微微調動牠的經與緯，彷彿只是被牛蚤叮了一小口。有沒有？在這樣一座小山村裡，很多人棄了農稼去了遠處，許多人又陸陸續續回來了，他們帶回了拖拉機、鋼骨手臂，或者一顆機械心臟，嘗試著將那些斷肢殘骸，種植進土壤中。於是，廢耕的農地壘高了，溝壑劃出了，一邊是白色的工廠廠房，另一邊是菅芒花叢，年老的農夫，與年輕的工人隔著溝壑，一邊在菅芒花叢中尋著菜蔬，另一邊拖出一袋袋工廠廢料，堆在土地邊緣，聽任雨打太陽曬。有沒有？無論年輕或老去，在那樣一個平常的日子，他們都擠在大馬路旁的雜貨店，喝著一樣醉人的酒，那個人，那個亙古以來一直敗退的流浪漢，此時才從他最後的守衛亭裡醒來，他踱到人群之中，覓著半空的酒瓶。於是，當新任的山村小學教師，好不容易下了長途客運時，她或他一眼就會看見我們。

她或他，會聽見一個流浪漢這樣罵我們——「你們都是豬。」

「你是跟豬討酒喝的豬。」我們也這樣回答。

她或他提起行囊，走進山村小學裡，那時，他們絲毫不想痛打任何人，他們只是看著，看著鐵鑄旗竿傾斜四十五度角的偌大升旗台。

有人放棄在路邊蓋一幢新房。

有人挑著扁擔走向遠處。

有沒有？有沒有？有沒有？……

（記得了。）那真是征戰一般的大行軍啊，（只是，在那樣行軍之途中——你今天是否神清智明呢？——我應該要記得每天這樣問你。）他再次看見了，他完全看清楚了，他看見一動不動坐在桌前，露出陰鬱且黯然的笑的母親，在母親的記憶一直停駐的那一天，恍然之間，他看見在母親身後，父親擦乾了頭髮，換上一身黃衫黑褲，自母親碗裡拿出一顆白饅頭，輕撫母親的肩膀，推開門，走了出去。

那腳步聲，在濕潤的草地上，異常巨大地響著，他想閉上眼，不忍再看了，但，「你看著吧。」父親這樣說。於是他睜開眼睛，緊緊盯住母親，母親微微抬起頭，無神的瞳眼閃爍著。母親也看見了，一直以來她都不斷看見那一切，她看見父親走進一個微雨的星期天裡，醉酒的人各自安睡了。他把饅頭交到守衛亭的窗檻上，走進工廠裡，隱匿無蹤。片刻之後，她，年輕的她，將隔著溝壑，最後一次見到他。那時，她在菅芒花叢這頭，他在工廠邊緣那頭，她問他在幹什麼，他說：「來鋤草，廢料堆不下了。」他也問她來幹什麼，她說：「找一顆蘿蔔，晚上煮湯。」他於是不怎麼有效地對她勾勾眼，說：「那晚上去妳家吃飯好嗎？」她看著他，思量這大約是個愉快、健朗且輕忽的調情，於是也淺淺地笑了。他放聲大笑，回身去提起一個鐵桶，她也回過頭去，撥開芒草叢。

當一聲巨響，身後一亮，當她再回頭看他時，他已經全身著火了。隔著溝壑，在細雨之中，她看見他半坐在一地的火芒中，衣物四射，捲進黑熱的旋風中，但他赤裸的身體，愈縮愈小，愈縮愈小，幾乎就要原地隱匿不見。

她完全不能動彈，她看著他，突然想起許多事，她想起，對啊，我忘了問他，你鐵桶裡裝的是什麼，不要是廢油吧，你不會輕忽到想放一把火燒掉所有的草吧，你找不到鐮刀嗎，我可以指給你看啊，就在啊……就在啊……就在啊……她於是那樣鉅細靡遺地想起了自己家中的各個角落。

當她再回過神時，她看見守衛亭裡的流浪漢，站在遠遠的地方，望著她。

那時，他和弟弟在自己家裡，他端坐在一個木箱裡，由弟弟拉著，四處走動，「快跑啊。」他趕著弟弟，像趕著一匹歡快的騾子。在門窗洞開的家中，他先看見一些鄰人紛紛亂跑開，很久很久以後，他們陸陸續續走了回來，以一種奇特的眼神，望著他和弟弟。

他止住一直大笑的弟弟，他將記住那種眼神，一輩子不忘。

「她一動不動，只是坐在那裡看著他被燒成煤炭呢。」流浪漢以全然的清醒，興奮地說。

「你知道嗎？」甜粿傳話說：「我一直到昨天都還在想，如果當時，我的母親並不在場，你們是不是就能原諒她呢？」

「我們？」我說。我想抗議，但他止住我，他說，反正一切都沒有差別了——什麼叫「沒有差別」？那一切關我什麼事？老實說，我眞的有點生氣了，我想著，爲什麼這傢伙人都死了還這麼獨斷獨行呢？

但，唉。算了。

總之，那些時光啊——他繼續說，我繼續聽——往往，在凌晨天將亮時，他的母親，會突然起身，在自家屋裡走動，叨叨唸道：「走吧，快走吧……」然後，他的母親會衝回自己房間，從床板底下拖出一口皮箱，再衝到他和甜粿的房間，把他背在背上，一手牽住猶在床上睡覺的甜粿，連人帶皮箱，一同衝出屋外。那時的樹根，其實已經清醒了，事實上，他一聽到母親踩著拖鞋，四處拖磨地板的聲音，無論他多睏，他都會立即清醒過來，但他總是虛閉著眼睛裝睡，任母親背著，滿路亂竄。他害怕驚醒夢遊一般的母親，也害怕看見那些正打量著他們的，「我們」這些山村人。在那樣漫無目標的奔逃中，他的弟弟甜粿，會終於張大眼睛，清醒過來。甜粿看看四周，開心地問：「去玩水嗎？」

「走吧，快走吧……」母親說。

甜粿歡呼一聲，撒開母親的手，跳躍著，往河灘的方向奔去。母親彎著腰，背著他，一手提著皮箱，眼看著甜粿的腳步，像是終於找到指示那樣，頭低腳高地緊緊跟隨。於是，他們一家的清晨大出亡，一定終止於那面熟悉的河灘。甜粿跳下水裡嬉戲，母親站在岸上喃喃自語，而他在母親背上，他一直都在母親背上，他驚惶四顧，緊緊環住母親的脖子不肯放手，彷彿地面會燙人似的。然而，無論他往哪個方向望去，那都是一個光天化日、會與人的目光相遇的世界。那樣地無以隱藏。

然後，就在這麼一天，母親背著他，一手牽著泥水滿身的甜粿，另一手仍拖著一口皮箱，從河灘上走回家，無可逆料地，他們在路上撞見一場喪禮。他們站在別人門前新搭的棚架邊，看活人吵鬧，看死人安靜。那些活人彷彿都早已明瞭——自己所參加的最後一場喪禮，永遠不會是自己的喪禮，所以，他們才會有那種一切像是永遠都不會結束的神情，說不清是篤定，還是惶惑。那時，甜粿突然伸出濕淋淋的手，指著棚架壁邊的地獄圖，問母親說：「他們爲什麼都不穿衣服？」母親打量著那些圖畫，看看甜粿的臉，再轉頭張望四周，長吁一聲，帶著他們回到家中。

就是那一天，他說，一定就在那麼一天，他的母親終於發現，她其實已經無可隱匿了，即便她死了，她也不能免於那些活人心中的注視，或者應該說——正因爲她死了，才不能不被看見，被那樣釘在壁邊。所以她決心徹底放棄那些徒勞的奔亡，就如同坐視父親死亡那樣，坐視自己在眾人的目光中靜靜腐壞吧，因爲已經沒有差別了。必定是這樣的，他說。

那時，樹根認爲自己已經把事情都想明白了，也像母親那樣，長長吁了一口氣，頓時覺得很輕鬆。然後，他發現自己正慢慢縮小，慢慢地沒有力氣了，似乎就要這樣在桌面上消失不見了。（原來，）他想著，（徹徹底底地消解無蹤，這就是死後會發生的事啊。）沒有牛頭馬面，沒有引路的土地公，而那些地獄的風景，原來都是活人世界中的光影。他感覺自己只剩一隻眼球的大小了，於是，他就用自己全身，再一次望向桌前的甜粿，（那麼，）他對甜粿說，（我走了。）

（去哪裡？）甜粿問。

樹根思索著，想著該如何以甜粿能明白的方式，對他說明這一切，他發現，在那一刻，如果還有什麼是令他遺憾的，那就是他從來沒有好好對甜粿說明事情。良久，他只能無奈地對甜粿說，（我要變成我們爸爸媽媽那樣子了，這樣你明白嗎？）

（媽媽嗎？有啊。）甜粿說。

然後，他完全不能理解的事情發生了——他看見甜粿伸手從褲子口袋裡，輕輕掏出一個果核般大小的東西，單手捧著，放在桌面上。那東西長著一張臉，戚然迷醉地與他對望。（那是什麼？）樹根擠盡力氣，吃力地辨識著，終於，他認出來了——那是他母親，縮成果核般大小的他母親。

（爸爸也有啊。）甜粿接著說，他又從另一邊褲袋，掏出一般大小的他父親，放在桌面上。父親用那不見久矣的狎暱表情，對樹根擠擠眼。

樹根一句話都說不出來，他在桌面上，輪流看著他的父親、母親、父親、母親……，大概過了兩輩子那麼久，樹根終於能說話了，他說，（怎麼會這樣？爲什麼？）

（爲什麼？）甜粿搔搔頭，思索著。他說，（本來是爸爸，後來媽媽也變成這樣了。）

他的父親沉默地大笑了起來。

他的母親也沉默地大笑了起來。

（哈哈哈。）他也沉默地大笑了起來。

他的弟弟甜粿，坐在桌前，發出了足以震起月亮的笑聲。

然後，我楞頭楞腦地跑了進來，看見那一切，無辜地摔破了兩瓶酒。

以上，就是那一天的整個事情經過。「好吧，」聽完一切後，我問樹根：「你說你早上曾經飛過雜貨店前，那你說說看，我在那裡幹什麼？」

「哥哥笑了。」甜粿告訴我。然後，樹根複述了一遍我在那天早上所發生的一堆鳥事——我蹲在雜貨店前淋雨，我喝醉了，獨食了一整隻雞腿，因此和眾人一言不合，大打出手，我的右眼，就是這樣腫起來的。「對呀，那些痞子。」我笑笑，摸摸自己的右眼，想著我的這個傷痕，原來竟可成爲我朋友樹根在死後依舊存在著的證據，想來，我在這世間，原也不是毫無用處的。我因此開心不少。

天將亮時，我帶著許多人，又一次進到樹根的房間，去查驗那躺在床板上的，另一個他。他的左手依舊那樣僵直地橫出床沿，血流了一地，兩隻腳上縛著的鐵架，軟軟地彼此交疊。床邊有一架石磨臼。樹根曾經跟我說過，有無數個黃昏，他就那樣躺在床板上，抱著薄被，憂心忡忡望著屋角那架廢棄的石磨臼。石磨臼亮著金色的光，金色的光從土磚牆的各個孔隙透露進來。他轉過頭，那時，他總會看見一張人臉，塡滿最大的那個牆縫。他翻過身，用被蒙住頭，阻絕任何聲音，但他又想起，那張臉本來就是悄無聲息的。他猛一扭頭，發現那張臉還嵌在牆上。他莫可奈何，只好躺平，正視著屋頂下方的橫梁，默默將橫梁瞪到昏黃一片。那麼現在，樹根應該是安全了——每當甜粿穿上褲子時，他們一家就團圓了。雖然很對不起樹根，但是日後，每當我想到這一點，我就忍不住哈哈大笑，我認爲這是我這輩子想過最好笑的笑話了。

然而，天曉得，當我一個人走回家時，我突然覺得難受極了，我反覆想起樹根的左手腕，樹根的鐵架腳，樹根那間氣味濁重的房間，那架石磨臼，那些查驗，那些在低矮的房舍裡交頭接耳的，「我們」這些人。我的心中，不斷升起一股想打人的衝動，幾乎就要立刻跑到隨便哪個痞子家去，再找他幹上一架。

但我終究沒有這樣做。我只是默默走回家去，沉沉睡了一覺，然後醒過來，然後在正中午時，走回雜貨店前，找到那些痞子，立即和他們和解。我們蹲在大馬路邊，搭著彼此的肩膀，灌彼此酒，然後一起醉倒在大馬路上，又一起醒過來，一起發現彼此居然都沒有被大卡車壓死。然後，我們揮手作別，趁勢抓住最近的人猛揍一拳，又各自默默走回自己家裡去，沉沉睡了一覺。

然後醒過來……

偶爾，當我路過河灘時，會正巧看見甜粿也在那裡。我會在岸邊坐下，靜靜看著他，那時我才發現，他的舉動，其實已經離「玩水」很遠了，他只是小心謹慎地從河灘這邊涉過水，爬上河中央那顆牛背大石，然後緊捏著兩邊褲袋，微笑著，人棍一般直直插進河底，片刻，他依舊緊捏褲袋，從河底走上來，走到野薑花叢那一岸，再回身，走進河底，走回河灘這一岸，走過去，走回來，走過去，走回來……，很奇怪，在這樣一個彼此瞪視的世界裡，卻已沒有人特別留意他了。恐怕，再過一世紀，都不會有人發現他的褲袋裡，其實藏著三枚已經揮燃殆盡的小煤球，那樣地終於能在涼涼的河底，享受他們毫無作用的自由，而甜粿，以這樣得以為人忽略的姿態，護衛著他們，帶著他們行走。

老實說，要我像甜粿這樣活著，我寧願把自己憋在河底永遠不要爬上來。

不幸的是，這樣的我，還是利用了那樣的甜粿。我已經跟甜粿約定好了，在未來的某一天，當我也掛點了的時候，可能的話，我一定第一時間飛去他家，到時，他一定要請我喝一次酒。看著那綿綿不斷的山村細雨，聽著那生氣勃勃的蛙鳴蟋蟀響，我想著，喝了一輩子酒，我還眞不知道，什麼才叫完全不想再喝下一口的幸福時刻。

——原載《印刻文學生活誌》二〇〇三年九月號

文學叢書 072

INK PUBLISHING

無傷時代

作　　者　童偉格
總 編 輯　初安民
責任編輯　高慧瑩
美術編輯　許秋山
校　　對　高慧瑩、童偉格

發 行 人　張書銘
出　　版　INK 印刻文學生活雜誌出版股份有限公司
新北市中和區建一路 249 號 8 樓
電話：02-22281626
傳真：02-22281598
e-mail：ink.book@msa.hinet.net
網　　址　舒讀網 http：//www.sudu.cc

法律顧問　巨鼎博達法律事務所
施竣中律師
總 經 銷　成陽出版股份有限公司
電　　話　03-3589000（代表號）
傳　　真　03-3556521
郵政劃撥　19785090　印刻文學生活雜誌出版股份有限公司
印　　刷　海王印刷事業股份有限公司

港澳總經銷　泛華發行代理有限公司
地　　址　香港新界將軍澳工業邨駿昌街 7 號 2 樓
電　　話　852-27982220
傳　　真　852-31813973
網　　址　www.gccd.com.hk

出版日期　2005年 2 月　初版
2019年 4 月 20 日　初版二刷
ISBN　978-986-6631-71-9

定　　價　260元

國家圖書館出版品預行編目資料

無傷時代 / 童偉格著；初版,
－－新北市中和區： INK印刻文學,
2005〔民94〕面 ；15×21公分（文學叢書；72）
ISBN 978-986-6631-71-9（平裝）
857.7　93019577